しなやかに愛を誓え

今城けい

幻冬舎ルチル文庫

CONTENTS ✦目次✦

しなやかに愛を誓え

✦カバーデザイン＝ 齊藤陽子(CoCo.Design)
✦ブックデザイン＝まるか工房

イラスト・コウキ。

しなやかに愛を誓え

江戸時代に甲州《こうしゅう》街道の新たな宿場としてひらかれた内藤宿《ないとう》は、やがて新宿と名前を変えて発展し、戦後の混乱期には巨大な闇市《やみいち》を造り出した。

そしてその後、行政による撲滅運動で闇市は姿を消すことになったが、それで街がクリーンになったかと聞かれれば、答えは当然否である。日夜大量のゴミを吐き出しカラスのたかるこの街は、行政側がどんなにやっきになったところで浄化されることはなかった。

再開発でどれほど清潔なインテリジェントビル群を造成しようと、そのすぐ脇には混沌《こんとん》とした闇が潜む。そしてそれを覆い隠そうとするかのように、この街のさまざまな場所においては夜のほうが昼より明るい。人工的に生み出された光源はまがいものの神となり、休眠のひとときを雑駁《ざっぱく》な活動時間に置換する。

この晩もビルの壁に張りついた液晶画面はそれを見あげる阿呆面《アホウづら》の人々と、それを無視して先を急ぐせかせかした都会人の頭上に光を投げかけていた。

「……っと」

ネットカフェの自動ドアから出たとたん、廊下をネズミが走り抜けた。一瞬足を止められた小塚利翔《こづかりしょう》は舌打ちを床に落とすと、狭い階段を下りていって建物の外に出る。

今夜は週末で、この路地裏にも通行人の姿が途切れることはない。彼らの誰もがおのれの用件に向かおうとするなかで、利翔だけは所在なさげにゆっくり足を運んでいた。

（このあとは、どこに行こうか？）

そう考えて、薄い嗤《わら》いを頬《ほお》に浮かべる。

目的地があるのなら、ここにこうして居はしない。昨晩まで泊まっていた女の家は、彼女のヒモに見つかって追い出された。こんなことはめずらしくもなかったし、女に未練もないのだが、当座の宿を失《な》くしたのは面倒だった。

（まあいいか）

利翔が穿《は》いている黒いパンツのポケットには、部屋を追い出される前に女がくれた金がある。彼女は頭の悪そうなヒモがついているだけあって、自分の目先の快感しか考えていなかったが、気前だけは結構よかった。お陰で利翔の所持金は、三万円と小銭が少し。これが全部なくなるまでには別の女を引っかけて、次の居場所にもぐりこむ。

さしあたって利翔の計画はそれくらいのものだった。

家族も、住む家も、生きる目的も持たない男。利翔に比べれば、さっき見たネズミのほうがよほど充実した生き方をしているに違いない。

もしも利翔があのネズミの立場なら、おのれ自身の巣穴を持って、ただひたすらに生きるための餌《えさ》を探し、メスと交尾して仔《こ》を産ませ、満足とも不満足とも思わずに死ぬだろう。

（オレはネズミが羨《うらや》ましいのか？）

女から借りたままのピンクのミュールをつっかけて、苦笑交じりに首を振る。

自分は女を孕《はら》ませて、おのれの子孫を増やしたいとは思わない。自分に似たものがさらに増えると思うだけで寒気がする。

利翔の最終学歴は中卒で、そのときすでに親と呼べる代物はどこにもいなくなっていた。父親は生まれたときからついぞ見たことはなかったし、母親は利翔が十四歳のころ安アパートの汚部屋にはいっさい帰ってこなくなった。その後、放りこまれた施設には馴染《なじ》む気がしないまま中学卒業を待ってそこを飛び出したのは、義務教育さえ終えていればなんとかなると思ったからだ。

しかし、世間は住所不定の少年をなんとかしてくれるほど甘くなく、以後はセックスを代償に女の部屋を転々として、二十歳《はたち》の利翔が至った場所がこの小汚い裏通りという訳だった。

深く考えてはいけない。これまで利翔は何度となくそれを自分に言い聞かせた。

こいつはたんなるめぐり合わせだ。持って生まれた運命だ。なにもおまえのせいじゃない。

しかしそれを思う端から別の声がささやきかける。

なにが運命だ。本当にそう思うならおまえはクソだ。恵まれない境遇の子供たちに親切にしてくれる職員も、従順なガキどもも善良過ぎて吐き気がする。

施設の職員が誠実に尽くしてくれればくれるほど、そこにいる子供たちが逆境にもめげないで正しくあろうとすればするほど利翔の心は醒《さ》めていった。むろん、彼らが欺瞞《ぎまん》を働いていた訳ではない。施設の職員は真実公平で、誠実で、子供たちも善《よ》い存在であろうとしていた。利翔だけが得て勝手に苛立《いらだ》っていただけだ。おのれが望みもせずに与えられた運命に歯噛《はが》みしていただけのことだ。

明るく、健気《けなげ》で、努力する子供の姿を自分に押しつけるなと利翔は思い、幾度となくそれを実際口にもした。そうすると、職員たちは利翔をなだめ、正論で説き伏せようと図ってきた。

『まわりを見てごらん。みんな似たような生い立ちのなか、精一杯頑張っているんだよ。私たちもできる限り手助けするから』

そうしておのれのなかにある怒りを捨てて、善い人間になりたいと真面目に努力し、正しい方向に進んでいく。ひとの気持ちを汲《く》み取れるやさしい大人となって、周囲の人々を幸せにする。

それもそれでいいだろうと利翔は思う。けれど利翔は考えてみたかったのだ。この苛立ちがなんなのか、おのれの頭と心を使って。

なのに善いひとたちはあまりにも正しいから、それ以外の考えを受けつけない。たとえ受けつけてくれたとしても、彼らの寛大な譲歩と許しゆえだった。結果、利翔と周囲の人々とのずれは広がっていくいっぽうで、やがてやさしく温かな大人たちを自分は裏切る格好で施設を出奔したのだった。

「……アッ、てめえ！」

路地裏からもう少し大きな通りに出ようとしたとき、いきなり大声で指差された。相手は今日の昼間見た『頭の悪そうなヒモ』であり、利翔は内心でおのれの間の悪さを罵《ののし》った。

「なんでてめえがこんなとこいやがんだ⁉」

それはこちらの台詞《せりふ》だったが、言う暇もなく胸倉を摑《つか》まれる。

「俺のオンナによくもちょっかい出しやがったな！」

「出したのはあっちだぜ」

あんな女のせいでこれ以上のごたごたはごめん被《こうむ》る。利翔はそっけなく言い捨てた。

「あいつは退屈してただけだ。オレとのことは遊びだろ？」

肩をすくめてみようとしたが、身体《からだ》を吊《つ》りあげられているから、さほど上手にはできなかった。視線を斜めに動かすと、脇のほうには興味津々といったふうにこちらをじっと見つめている鼻ピアスの男がいる。

どうやらこいつはヒモ男の連れのようで、詳しいことは不明ながら同じように柄が悪く、ガタイがいい分腕っ節が強そうだった。

（チッ。二対一かよ）

利翔のなかで負けん気と、こいつは剣呑《けんのん》と回避したい思いがぶつかる。昔ならば、たとえ不利な相手でも頭から突っかかっていったものだが、さすがに二十歳にもなってくると状況に合わせて動こうとする気持ちが働く。

「昼間のあれは悪かったって。ちょっとした行き違いだ」

「なにが行き違いだ！　てめえ、あのオンナから金をせびってたんだろが⁉」

「んなんじゃねえ、落ち着けよ。金なんてもらっちゃいないさ」

そこまで言ったとき、ふっとなにかの気配を感じた。

（……？）

ヒモ男の肩越しに視線を投げると、大通りから入ったところで誰かがこちらを眺めていた。通りすがりの野次馬かと思ったが、なんとなく気にかかる。長身の男はネクタイにスーツ姿で、さほど若いという年ごろではないようだ。三十代なかほどかと推量しながら、さらに男の顔に目を向けたとき。

（……っ！）

遠目でもあり、路地裏は薄暗いから表情は定かでないが、その視線は明らかに冷ややかだった。

軽蔑《けいべつ》しているというほどでもない、ただ成り行きを冷静に観察している男の目。それに気づいた瞬間に、利翔の頭に血がのぼった。

「おい。聞いてんのか⁉」

引っ摑まれている襟元《えりもと》を揺さぶられ、がくがくと頭が振られる。利翔は無意識に口から声をこぼれさせた。

「……なんだよ、てめえ。ウゼエ真似すんじゃねえよ」

「なんだと⁉」

これは向こうにいる男に言った台詞だったが、もうそんなのはどうでもよかった。我知らず激情に駆り立てられて、すぐ目の前の男に苛立ちを投げつける。

「おまえもオレから手を離せ、このサンピンが。女寝取られて、えらそうにしてんじゃねえよ。おまえのアレは綿棒並みだってあの女が言ってたぜ。アソコに入れるより耳掃除に向いてんじゃねえかってさ」

利翔の啖呵《たんか》に、向こうの男が上品なジョークでも聞いたように微笑する。利翔はよけいに腹が立った。

（なんだ、あいつ）

こっちがへらへらと面倒事を避けようとしたときはあんなにも冷たい目をしたくせに、トラブルの火種を大きくしたとたん、面白そうに笑うのか？

「このっ、てめえ。許さねえぞ！」

激高したヒモ男が拳《こぶし》を振りあげ、長身の男の姿が見えなくなった。直後にガツッと衝撃が頬に来る――とその前に、利翔は利き足を軸にしてのけぞると、ヒモ男の攻撃をかわしざま相手の股間《こかん》を思いきり蹴《け》りあげた。

狙《ねら》いはあやまたず的中し、相手はグッと呻《うめ》きを発して両膝《りょうひざ》をつく。

「その調子で女を殴っていたんだってな。粗チン野郎はやることもちいせえな、っと」

言いざまもう一発蹴りを入れ、ずらかろうと思ったら、いきなり背後から脇に手を入れられた。

「ッカヤロ！　離しやがれ」

鼻ピアスはヒモ男より体格がよく、百六十三センチの利翔では後ろを取られると抗し難い。手足をめちゃくちゃに振り回して暴れていたら、立ち直ったヒモ男が腹に一発入れてきた。

「……ぐふっ！」

鳩尾《みぞおち》にもろに食らって、そこから鼻孔にまで痺《しび》れが走る。そのあとも背後の男に拘束される体勢で何発か胃の上を殴打され、利翔はえずき、咳《せ》きこんだ。

「おいおい。さっきのいきおいはどうしたよ？」

ヒモ男がにやにや笑い、目の上にかかっていた利翔の前髪を引っ摑む。

「それとももうごめんなさいって、泣いちゃうか？」

肩まである利翔の髪は、普段は後ろでひとつに結んでいるのだが、この争いでゴムが外れてしまったらしい。前髪が抜けるかと思う力で引っ張られると、利翔の小づくりな顔立ちが露《あら》わになった。

「なんだ、このチビ。女みてえなツラしてんじゃん」

ヒモ男の目の色が微妙に変わる。利翔の細い眉《まゆ》、目尻のあがった大きな眸《ひとみ》、ややちいさめの唇からこぼれている白い歯を眺めたあとで、下卑た笑いを頬に浮かべた。

「いいねえ、その睨《にら》む顔。俺さあ、気のきっつい女を泣かせんの好きなんだわ」

「おい、こいつは男だぜ。んなに不自由しちゃいねえだろ？」

鼻ピアスが呆れたように言ってきたが、ヒモ男は気にしなかった。

「だってよお。こいつマジちっちぇえし、小生意気な女みてえ。そういうやつが嫌がってんのを無理やりにしゃぶらせると、気持ちいーって、思わねえか？」

「思う訳ねえだろ、馬鹿」

吐き気を堪《こら》え、鼻ピアスへの問いかけを横から攫《さら》って利翔が返す。

「オレを女とか言うんじゃねえ。てめえの脳味噌《のうみそ》腐ってんのか？　もしもオレにてめえの綿棒突っこんだら、食いちぎってやる――」

言い終える暇もなく、頬に痛打を浴びせられる。鼓膜がおかしくなるくらい頬を何度も平手で叩かれ、口のなかに血の味が広がった。

「おい、しゃがませろ。んで、頭押さえつけとけ」

「……ざけんな！」

利翔はうつむき、次いで思いきり反動をつけると自分の頭をのけぞらせた。ガツッと音がして、鼻梁《びりょう》を後頭部で打たれた男が拘束していた力を緩める。その隙に利翔は鼻ピアスの腕から逃れた。

このいざこざに巻きこまれまいとしたのか、周囲にはほとんど人影がなくなっていて、大通りへの道を塞《ふさ》いで立っている長身のシルエットしか見えなかった。無意識にそちらへ向かって走ろうとして——肩を摑まれ、引き倒された。

「このクソガキ！」

うつ伏せに倒れた背中をめいっぱい踏みつけられる。それから脇腹を幾度か蹴られ、思わず身体を丸めたところで頭に靴を乗せられた。

「よお。なんか俺もこいつを泣かせたくなってきたわ」

「だろ？」

顔面を頭突きされ、相当むかついていたのだろう、鼻ピアスが頭を踏む力には容赦がなかった。

「なんかで手え縛っとけ」

「ベルトでいいか？」

「よせ……っ」

もがいたら、今度はヒモ男から背骨を踏まれ、ねじこむように靴裏で擦《こす》られた。

「……っ！」

利翔が感じていたのは身体のつらさより、心が軋《きし》む痛みだった。

男たちに対するよりも、むしろ自分に怒りを感じる。暴力に抗しきれないおのれ自身の弱さが歯痒《はがゆ》い。

自分にもっと力があれば、こうした目には遭わないで済んだのか？ もっと上手に立ち回れれば、最初からこんなことにはならなかった？

力もなく、器用に生きることもできない、自分はなにもかも中途半端だ。

「なあおまえ。抵抗してももう無理だってわかんだろ？ おまえのほうからしゃぶらせてくださいって言ってみろよ。そしたら、ちょっとは手加減してやる」

両腕を縛られた格好で、肩を摑んで引き起こされる。眼前の男の顔は寒気がするほど嗜《し》虐《ぎゃく》心《しん》に歪《ゆが》んでいて、利翔の気持ちがあやうく揺れた。

（どうせもう逃げられない）

だったら、少しでも楽になる方法を選ぶのが得じゃないのか？

ご大層にもったいをつけるほど清潔な身の上ではない。男のアレをしゃぶったって死にはしない。少しのあいだだけ我慢すれば済むことだ。

利翔は躊躇《ためら》いを振りきって、おもむろに口をひらいた。

「しゃ……」

このとき利翔が言葉を封じこめたのはいったいなんのこだわりだろうか。なんの益もない突っ張りだとわかっていて、しかし利翔は奥歯をギリッと嚙み締めると相手の顔を睨みつけた。

「ぶりたい訳がねえだろうが。そんな小汚えクサレチンポ」

「てっめえ」

顎《あご》が砕けるかと思うほど、ヒモ男が顔を摑む。

「いいか。これから泣きわめかせてやるからな」

この毒々しい宣言からはもはや逃れようもない。鼻ピアスが利翔の肩を鷲摑《わしづか》みにして固定させ、後頭部の髪を引っ張る。そうしてヒモ男がズボンから取り出したおのれのものを利翔の前に突きつけた。

「口開けろ」

誰が、と利翔は口を固く閉ざしていたが、鼻を摘《つ》まれれば呼吸ができない。必死に酸欠を我慢しつづけていたものの、唇が緩んできたのが感じられた。

「ほら、もうちょっと」

残忍な喜悦を滲《にじ》ませ男が言ったときだった。

「きみ、すまないがちょっと聞きたい」

声とともに大きな影がヒモ男の背後に被《かぶ》さる。

「このへんに美味《おい》しい料理を出してくれるレストランがあるだろうか？」

いかにも場違いな台詞をかけられ、ヒモ男が凶悪な顔で振り向く。

「なんだ、てめえ⁉」

「そこの彼をこれから食事に誘おうと思うんだが」

視線を向けられ、利翔は驚いて目を瞠った。

(彼ってオレか……?)

近くで見ると、男はものすごく整った容姿をしている。

まずもって、こんな汚い裏通りにはいない人種。利翔がそう思うのは、きちんとセットされている頭髪や、一見地味だが仕立てのよさそうなスーツのせいばかりではなく、彼自身が纏《まと》っている圧倒的な空気感によるものだ。

そんな男が利翔を食事に誘うと言った。これはきっと言葉の綾《あや》に違いないが、それでもこんな場面に割り入り、利翔をここから連れ出そうとする意志を表す。

わけがわからず利翔は当惑していたが、ヒモ男は驚きよりも邪魔された怒りのほうが大きいらしい。罵り文句を投げたあと、男に向けてパンチを放った。

(……え?)

ヒモ男が空振りしたのだ。わずかに重心を移動させ、それだけで男はすばやい一撃をかわしさった。それから無造作に相手の首根っこを片方の手で摑み、腕を高々と持ちあげる。

(うわ……)

男の身長は利翔が見あげるほど高い。優に頭ひとつ分は上だろう。そのうえ、背が高いというばかりではなく、優れた彫刻かなにかのように理想的な体躯をしている。

スーツの上からでも感じ取れる広い肩と厚みのある胸。そんな男が長い腕でヒモ男を楽々と吊りあげる。じたばたと暴れる相手を男は路地の壁めがけて放り出すと、拳を固めて駆け寄ってくる鼻ピアスに向き直った。

「……いででぇっ」

それはまたたく間のことだった。男は自分の前腕を盾に使ってパンチを流すと、鼻ピアスの利き手を逆向きにねじりあげる。そうして悠場迫らぬ仕草でスマートフォンを取り出した。

「それではきみたち、これは重要な警告だから傾聴してもらいたい。三分前にこれで警察に電話した。あと一分で警官が来るはずだから、きみたちはこののちどうするか速やかに決定してくれ」

そう言って、鼻ピアスから腕を離す。男は穏やかな表情をしていたが、つけいるような隙はまったく感じられない。

そしてそのことは、痛そうに腕をさする鼻ピアスと、壁の前でうずくまるヒモ男とによく伝わっていたのだろう、這《ほ》う這《ほ》うの体という言葉がぴったりの格好でこの場から逃げ出した。

「さてと」

連中が去ったあと、男は身を屈《かが》め、縛られている利翔の腕からベルトを外した。

「大丈夫かい？　随分ひどくやられたね」

「……あんたがポリを呼んだってのはでまかせだろ？」

手首をさすりつつ利翔は聞いた。男はうなずき、おもむろにこちらの顔をのぞきこむ。

「手当てをするから一緒においで」

その言葉には反応せずに立ちあがると、脱げていたミュールをもう一度つっかける。それから男に背を向けて歩きはじめた。

「私と一緒に行かないのかい？」

「行かねえよ」

振り向かずに利翔は答えた。この一件でくるぶしを痛めたのか、まともに歩きにくかった。

「そっちの足、痛むのか？」

「あんたには関係ねえ」

男が自分を助けてくれたのは事実だが、アレを口に突っこまれる寸前まで傍観していたのも本当だった。

利翔にはこいつがただ親切な男だとは思えない。なんのつもりか知らないが、関わり合いになる気はなかった。

「まあそう言わず。関係がないかどうかはこれから決めよう」

「……っ!?」

気づいたときには身体が浮きあがっていた。男は利翔を横向きに抱きかかえ、大勢の人々が行き交っている通りへと歩みを進める。当然だが周囲からは何事かと視線を向けられ、利翔は怒って下ろせと怒鳴った。

「ああ、そんなに暴れると落としてしまうよ」

そう言うくせに、男の歩行には余裕があった。体格差もさることながら、さきほどの一件で見たとおり男は利翔とは段違いに膂力《りょりょく》があり、少々暴れたくらいでは腕のなかから逃れられない。

「私に抱かれていくのが嫌なら、おとなしくしてくれるかい？　そうすれば下ろしてあげるよ」

「あんた、なんだよ⁉　なんのつもりだ！」

声を荒らげて利翔が言うと、男がこちらに面を向けた。

「きみと会ったのは、実は今夜が初めてじゃないんだよ。二年前にも私はきみの姿を見ている」

「え……？」

男の言葉に利翔は自分の記憶を探った。後ろ暗い出来事が皆無ではない利翔にとって、それは聞き逃せない台詞だった。

「それ、どこだ？」

抗《あらが》う動作を忘れて問うと、ダークブラウンの眸が見返す。彼の顔立ちは男らしく整っていて、女ならば思わず見惚《みと》れるほどのものだ。

「私と来ればそれを教える。それに怪我《けが》の手当てもしよう」

おぼえがないが、自分はヤバイことをしてこの男から脅されているのだろうか？

懸命に利翔は思考をめぐらせた。

こいつはやくざには見えないが、素っ堅気のリーマンとも言いきれない。とびきり高級な匂《にお》いのする人間なのに、男たちとの荒っぽいやり取りに慣れ過ぎている。

こんな男が自分になにを告げる気なのか考えてもわからずに、利翔はあきらめてつぶやいた。

「……オレをどこに連れていくんだ？」

「私が住んでいる部屋までだ」

◇　　◇

それからタクシーに乗せられて男に連れていかれたのは川沿いにあるマンションだった。タワーマンションほど豪勢なものではないが、防犯設備のしっかりしたかなり高級な建物だ。

部屋の内部は広いリビングとダイニングキッチン。それに居室がふたつある。

「すまないね。少々散らかっているんだが、そこのソファでくつろいでくれ」

男が言うとおり、室内はあまり片づけがされていないようだった。リビングのテーブルには何紙かの新聞が乗ったまま。飲み終えたコーヒーカップはその横に置かれているし、ちらりと見たキッチンのカウンタースペースにも書類かなにかが積んである。

「ここはほんとにあんたの部屋か？」

男の端整な容貌《ようぼう》とこの場所とがそぐわない。ネクタイを幾分緩めてリラックスした彼の姿は誰がどう見ても上等な大人の男で、こんな散らかった部屋よりは高級ホテルのバーラウンジでくつろぐほうが似合っている。

「そうだが、どうして？」

「なんか雑な感じだし」

ソファの肘《ひじ》かけに放ったままのシャツを見て利翔は言った。この男ならもっと几帳面《きちょうめん》に部屋を片づけている気がする。けれどもその推測は間違っていたようで、男は脱いだ靴下をラグマットに放置したままスリッパに履き替えた。

「きみは随分綺麗《きれい》好きみたいだね」

「オレを知りもしねえくせに、わかったふうに言うじゃねえか」

フンと利翔が腕組みすれば「わかるよ」と穏やかな声音が返る。

「きみがこの部屋にあがるとき、ミュールを履いていた自分の素足を見ただろう？　汚れを気にしていたんだね。それに、きみがここで嫌そうに見ていたのは置きっぱなしになっているものばかりだし」

利翔は驚くまいと努めた。それくらいの推理なら誰でもできる。

「さあそこに座って。唇が切れているから、まずはそれからなんとかしよう」

「手当てはいい。それよか、二年前ってのを……」

「手当てが先だよ」

きっぱりと言いきられ、利翔はやむなくソファにどっかと腰を下ろした。男は新聞紙をラグの上に移動させ、サイドボードから取ってきた救急箱を置くための場所をつくると、そこから消毒薬と、コットンを取り出した。

「沁《し》みるかい？」

「いや」

実際にはぴりぴりした刺激があったが、利翔は平気だと男に言った。

「次はそのシャツを脱いで……ああ、随分ひどくやられたね」

口の端に絆創膏《ばんそうこう》を貼り終えると、男は利翔をうながして上半身を露わにさせた。利翔の身体は標準よりも痩《や》せていたが、肌は白くなめらかだ。そして、その分蹴られたときの赤い痕《あと》がくっきりと目立っていて、男はそこにそっと手を当ててくる。

「腕をあげてくれないか。ここがいちばん痛そうだ」

うながされて、利翔が締めていた脇の力を幾らか緩める。すると、男は利翔の細い腰のあたりをあらためてから、右の脇腹に湿布薬を貼りつけた。

「よし、これでいい。あと、ひどいのは……このへんか？」

言って、男が左の肋骨《ろっこつ》に指を添える。日に焼けない利翔の胸には淡い朱鷺《とき》色の乳輪と、その中心にぽつんと突き出た尖《とが》りがあった。男はその下にできていた赤痣《あかあざ》を指でなぞると、

「しばらくこの痕は残るだろうけど、骨にまで響いていなくてよかったよ」

男の視線にも、打ち身に湿布薬を貼っていく手つきにもなんら含みは感じられず、なにかあったらすぐに逃げ出す構えの利翔もじょじょに緊張を解きはじめた。

「太腿《ふともも》を蹴られていたが、そこも看ようか？」

「そっちは自分でやれっから」

男は了承のしるしにうなずき、ラグマットに膝をつくと、利翔の踵を持ちあげた。

「足を引きずっていたようだったが、ここは痛む？」

くるぶしを軽く押されて「痛えよ」と顔をしかめる。

「ああすまないね。だけどここは大丈夫。軽い捻挫《ねんざ》だけのようだ」

座った位置から眸と同色のダークブラウンの髪を見ながら、利翔は不思議な気分がしていた。

（こいつはもっと上からな態度かと思ったのにな）

自分の風体を目にすると、これまで大抵の大人たちは露骨に嫌そうな様子を見せた。

関わり合いになってもなんの益もない街のチンピラ。目を背けてやり過ごすのが賢い相手。

そういった扱いに慣れている利翔にとって、こんな男が自分ごときの足元にひざまずいて手

当てをしてくれるのは変な感じだ。

「とはいえ、捻挫は癖になりやすいからね。きちんと治るまで無理に負荷をかけないようにしたほうがいい」

「なあ、あんた。二年前にオレのなにを見たんだよ？」

男に対する疑念が膨れあがっていた。手当てが終わるのを待ちきれずに問いかけると、利翔の足首から手を離し、男がこちらを見あげてくる。

「あの晩きみは公園にいて、殺された猫を埋めていたんだよ」

「オレが……？」

そんなことがあったような気もするが、詳しい経緯は思い出せない。

「おぼえていないならそれでいい。毛布を貸すから今夜はこのソファで眠ってくれ。客用の着替えはないが、私のパジャマでよかったらそちらも一緒に出しておく」

男が言って、立ちあがる。踵《きびす》を返して歩き出した広い背中に利翔は尖った視線を向けた。

「あんた、ホモ？」

彼が明かした二年前の出来事は事実かもしれないが、利翔をここに連れてきた理由にはなっていない。

「いや」

「だったら、なんでだ！」

この男の振る舞いは一見紳士的なようだが、妙に強引なところがある。怪我の手当てをしてくれるのはなるほど親切な行為だろうが、普通は見ず知らずの相手を部屋に連れてきてそんなことはしないだろう。

二年前に利翔を見たと言ったときには、ヤバイことでもあるのかと思ったが、聞いてみれば利翔ですら記憶がおぼろになっている毒にも薬にもならない光景。彼がゲイで利翔の身体が目当てならば、それなりに納得もするのだが、そっちもどうやら違うらしい。

「とりあえず話は明日だ。あちこち身体が痛むだろうし、今夜はゆっくり寝るといい」

男は改めて身体ごと姿勢を転じ、こちらのほうに引き返すと、なだめるように頭を撫《な》でる。

利翔は「さわんな」と男の手を叩き落とした。

「痛いな」

少しも痛そうな顔をせず、男は利翔の目の前でわざとらしく手を振った。

「きみはまるで毛を逆立てた猫みたいだな」

「なっ……!?」

からかっておいて利翔が怒りを表せば「すまない。冗談だ」と流してしまう。

不愉快で、どこか得体の知れない男。やさしそうだが、ひどく醒《さ》めている部分をも感じる男。

「あんた、名前は？」

「佐光匡英《さこうまさひで》。きみは……？」

「教えねえ」

男は怒った様子もなく「そうか」とキッチンのほうに行き、まもなくマグカップを持って戻る。

「そいつは？」

「温めたミルクだよ。きみにはカルシウムが不足しているみたいだから」

その言葉にカッとなった利翔だが、なにか言い返してやる前に男は「毛布を用意する」と寝室に向かっていく。

「なんだよ、クソッ」

あの男の言動は利翔の調子をことごとく狂わせる。舌打ちしてから飲んだミルクは、口惜しいことに猫舌の利翔にはちょうどいい温度だった。

◇　◇

その翌朝。利翔はダイニングテーブルの椅子に腰かけ、佐光の作ったハムエッグを食べている。料理の前に焼き加減は聞かれなかったが、たとえ言ってもオーダーどおりになったとは思えない。卵の黄身は盛大に潰《つぶ》れていたし、ハムも焼き過ぎて端が硬くなっていた。

それをトーストやコーヒーと一緒に腹のなかに収めつつ、利翔は目の前の男に向かって切り出した。

「いちおう傷の手当てやらなんやらの礼は言っとく。ゆうべはどーもアリガトさん。そんで、これ食ったらオレは行くから」

一宿一飯の恩義だと、最大限譲歩して感謝の意を述べたのに、彼は皮肉っぽく眉をあげた。

「どこに行くって？」

「どこって、そりゃ……適当に」

佐光は飲みかけていたコーヒーカップを置くと、おもむろに告げてくる。

「行くのはいいが、その前にこれを聞いていってくれ」

つかの間迷って、利翔は「なんだよ？」と口にした。この得体の知れない男が自分になにを言ってくるのか、興味があった。

「私がきみを見かけたのは二年前だ。そのときさきみは公園で少年たちに殺された猫を見て――死んだのはこいつが弱かったからだ――と言った」

聞いて、利翔は眉を寄せた。彼はそれを淡々と告げてきたが、その内容から利翔は自分が非難されたと思案をつけた。

「なんだ、あんた。そのときオレが言ったこと、怒ってんのか？　まあヒドイ。かわいそーとか思っちゃって？」

「可哀相かどうなのかわからない。わからないから、いまも考えつづけている」

なんのことやらさっぱりだった。「ハア？」と首を傾《かし》げたら、ふいに彼が両目の光を強くして宣言してくる。

「ここで別れたら、もし二年後に会ったとしても、私はきみが見分けられなくなっているに違いない。おそらくきみは、昨晩のチンピラとなんら変わらない存在になってしまっているだろうから」

「それって、どういう……」

「きみはまもなく抗うことをやめてしまい、楽なほうに流される。怠惰《たいだ》な毎日を誰か他人のせいにして、澱《よど》んだ日々を内心不満に思いつつだらだらと過ごすのだろうな」

「んなこと……決めつけんなよな！」

「そうじゃないと断言できるか？」

うっと利翔は詰まってしまう。確かに違うとは言いきれない。しかしそれを他人に指摘されたくなかった。

「だとしても、あんたにゃ関係ねえだろが⁉」

劣勢を感じつつも撥ねつけると、男の揺るぎないまなざしがこちらを捉《とら》える。

「関係がないかどうかは、いますぐには決められない。だが、私にもこれくらいは判断できる。きみには聞きづらいことだろうが、私の推察を聞いてみるか？」

「言ってみろよ」

どうせ自分を否定する台詞だろうが、怖気《おじけ》づいた様子は絶対に見せたくない。売り言葉を反射で買って、利翔は佐光のまなざしを睨み返した。

「では言うが、きみの生育環境はおそらく満足なものではなかった。だがそれを運命だと受け入れるほど、きみはあきらめのいい性格をしていない。あちらこちらでぶつかり摩擦を生じさせ、世話になった相手とも続かずに、転々と職を替え、居を替えて生きてきた」

「うっせえよ。見てきたようなこと言うな！　あんたなんかになにがわかる⁉」

カッとなって怒鳴ったが、それは図星だったからだ。佐光は怒りに赤くした顔を見ながら、淡々と言葉を続ける。

「きみがもっと従順な性格だったら、いまごろはどこかで慎ましく暮らしている。あるいはもっとあきらめのいい、流されやすい気性だったら、あんなふうにチンピラたちと事を構えず、とっくにやつらと同化していた。きみのなかには折れたくない芯《しん》がある。だがその骨格はあまりにも脆弱《ぜいじゃく》だ。遅かれ早かれ世間の波に押し流される」

「黙れ、このバカ！　よけいなお世話だ！」

血相変えて、利翔は声を荒らげる。激高したのはそれが真実だったからだ。

「オレが中途半端なのは言われなくてもわかってんだ。いまさらどうにもなりゃしない。どっちみち、クズのまんま死んでくんだよ！」

利翔のなかで、怒りとやりきれない想いがぶつかり、握った拳がぶるぶる震える。

これまで利翔は自分なりに世間に適合しようとして、足掻《あが》きもし、もがきもした。しかし、佐光の言う『慎ましい暮らし』をするため自分を抑えて生きる努力をしたこともある。しかし、それは結局のところ長いあいだは続かなかった。

無理をしていまの場所にしがみつけば世話をしてくれたそのひとの迷惑になる。自分のいることで相手の負担になるならと、言われる前に身を引いたのは、しかし決して他者に対する思いやりの気持ちではない。ただたんにちっぽけなプライドが邪魔をしていたからだ。

そして同様に利翔の矜持《きょうじ》はチンピラたちの群れに身を投じることも阻んでいる。結果、利翔はどちらに属することもできず、月日が経《た》つごとに生きる場所と精神とが削られていく。

運命に爪《つめ》を立て、抗おうと思っても、利翔はあまりにも脆弱だ。

佐光に言われるまでもない。自身が誰より痛感し、それを不甲斐《ふがい》なく思っている。

「クズのまま死ぬかどうかはきみ次第だ。先のことは私も読めない。ただし、そうならない方法をこれから私がきみに教える。きみがそれを身につけるまで、私の判断に従ってくれ」

「はっ、えっらそうに。なんでオレがあんたに従わなきゃなんねんだ⁉」

だからといって、佐光に身を委《ゆだ》ねる気にはならなかった。昨日今日に出会ったばかりの相手、しかもこんなうさんくさい男になど従えるものではない。

「つまんねえ分析はそこのゴミ箱に捨てとけよ。そんじゃオレは消えっから」

仏頂面で吐き捨てて、席を立つ。すると「逃げるのか？」と冷ややかな声がした。

「抗うことをあきらめて、弱いままに死んでいくのか？」

唇を嚙み、爪が内側に刺さるほど利翔は拳を固めている。

どうしてこの男がこんなことを言ってくるのか知らないが、このまま自分が逃げ出したみたいになるのも業腹だった。

これほど腹の立つことを言われたのに、尻をまくって逃げるのは我慢ならない。どうせこいつも言葉遊びに飽きたなら、自分を簡単に放り出そうとするはずだ。

しょせんそれまでの暇潰しだと、利翔は椅子に尻を落とした。

「で？　オレはなにをすりゃいいんだよ」

佐光は勝ち誇った顔もせず、ごく真面目な口調で言った。

「まずはきみの名を聞かせてくれ」

◇　◇

それから小一時間も経たないうちに佐光は外出の支度をすると、スーツを着てどこかに出かけた。出る間際、彼はこのマンションに入るための暗証番号を利翔に教え、スペアだという部屋の鍵と、当座の生活費として封筒を渡していった。

（ちょっと無防備過ぎんじゃねえの？）

ひとりきりになった部屋で利翔が封筒の中身を見ると、万札が五枚あった。利翔がこの金と、さらにここから目ぼしいものを掻っ攫って逃げるとは考えないのか？

（それに結局、なにも用事を言いつけていかなかったな）

佐光が『私の判断に従ってくれ』と言ったからには、すぐにもなにか命じられるのかと思ったが、拍子抜けすることに彼は利翔の氏名と年齢、そして簡単な経歴を聞いたあとは、のんびり過ごしていてくれと言っただけだ。

（こんなふうにオレをひとりで置いてったのは、こっちを信用してるから？）

まさかな、と利翔は思う。あの男はそれほど甘いお人よしには見えなかった。なのに利翔に鍵だの金だのを手渡して、自分はさっさと出かけてしまう。

こんな人間は初めてで、だからだろうか利翔はなんとなくこの部屋から出そびれた。

「いま帰ったよ。随分と待たせてしまってすまなかったね。夕食を作るから、そのあいだ風呂にでも入ってくるかい？」

夕刻に帰った男は、しかし自分が渡した金を利翔が持ち逃げする事態などいっさい頭になかったらしい。利翔を目にすると、ごく自然に微笑《ほほえ》んでそうしたことを告げてきた。

「着替えはきみが入浴中に脱衣所に出しておくから。私ので悪いんだが、よかったらそれを着てくれ」

この申し出には逆らう理由がなかったから、利翔は風呂場で汗を流した。浴室から出ていくとワイシャツとズボンとが置いてあったが、試しに着てみると、ズボンのほうは大き過ぎて無理だとわかった。やむなくいままで穿いていた女物の黒パンツを着直して出ていけば、佐光がにこやかな笑顔で迎える。

「ああ出てきたね。さっぱりしたかい？」

「服がでけえよ」

「それはすまないが、いまのところそんなのしかないのでね」

出来あがった料理の皿をダイニングテーブルに並べながら佐光が言った。それから周りを見回して、

「昼間にこの部屋の片づけと床掃除をしてくれた？」

「くれたってほどでもねえ、ただの時間潰しだよ。それに、こんくらいどこでもやってた」

ぶっきら棒に応じてから（あれ？）と利翔が口をひらく。

「あんた、これしか食えねえのかよ」

テーブルの上にあるのは、本日二度目のハムエッグ。野菜のつけ合わせも、汁物もない、

朝と同じくトーストと、コーヒーと、この料理。よほど偏食な性質《たち》だろうかと聞いてみたら、随分と残念な答えが返る。

「いや。これしか食べられないのではなく、私の作れる料理がこれと茹《ゆ》で卵というだけだ」

「だって、あんた。いままではどうしてたんだ？」

「朝食以外は全部出先で済ませていたんだ。だが、いまはきみがここにいるからね。晩も頑張ってみたんだよ」

「……あんたがこれしか食えないんじゃなかったら、朝晩オレが作ろうか？」

「助かるよ。ありがとう。食費はあとで……」

言いかけた佐光の台詞を断ちきるように利翔がさえぎる。

「いらねえよ。朝にもらったやつがあるから。それに、料理を作るのは別にあんたのためじゃねえし。オレが同じのを続けて食うのが嫌なだけだ」

「そうか。それではきみに任せるよ」

刺々《とげとげ》しい調子で言ってやったのに、佐光は穏やかな微笑で受ける。

（変なやつ）

このような態度でも、佐光がぬるい男でないのは知れているのだ。現にゆうべもこのリビングで怪我の具合を問われた際にこんな会話を交わしていた。

――オレの傷がどうなのか聞くくらいなら、あいつらに絡まれたときすぐに助けに入るのが常識ってもんじゃねえの？

嫌みまじりに利翔が言ったら、佐光はなんでもないように返事した。

——きみがギブアップしたらすぐ、割って入ろうと思っていた。

つまり利翔は試されていた訳だ。

いったい佐光はシビアなのか、それとも本当は親切なのか。

利翔の境遇に同情する気配もなく冷静な分析をしてみせるのに、その相手にミルクを飲ませ、床掃除の礼を言い、利翔がいるからと唯一できる料理をつくる。ゲイでもないのに利翔を拾い、弱いままに死なない方法を教えると言う。

「なあ、あんた。オレになにをさせたいんだ？」

フォークを置いて利翔は聞いた。手についたパン屑《くず》を軽く払って佐光が告げる。

「その前に伝えておくが、私は現在、ＳＳＣジャパンの登録社員として働いている」

「なんだ、それ。そのＳＳＣジャパンってのは？」

「ニューヨークに本部がある民間警備会社だよ。ＳＳＣはシールド・シッター・シタデルカンパニーの略称だ。社のモットーは——我々は、盾であり、介添者であり、城塞《じょうさい》である——依頼人を警護することに特化した業種だね」

続く佐光の説明でわかったが、ＳＳＣは米国全州に支部を置く、あちらではかなりメジャーな警備会社で、個人向けのセキュリティ対策や対企業の警備保障を行っている。またカウンターテロ部隊を擁し、中東への傭兵《ようへい》派遣も請け負っている民間軍事会社の側面もあるそうだ。日本への進出は三年前で、ＳＳＣジャパンとして極東支部が品川に開設され、業務の運営は限定つきで公安委員会から認可されたということだった。

「あんたはそのＳＳＣの偉いさんか？　ずっとそこで働いてたのか？」

内部事情に相当通じているようなので、そうかと思って聞いてみた。しかし佐光は違うと言う。

「いや、私は正規の社員ですらない外部スタッフの一員だよ。ＳＳＣへの登録は二年前。それまでは警察庁に所属していた」

警察署でなく、警察庁。利翔は自分の頭のなかからそれに関する知識を復習《さら》った。

「確か、現場の刑事よりも偉いんだよな。んで、キャリア警視と、ノンキャリアの警部補とが反目し合って……最後は協力するってのをテレビの番組で観たことがある」

それかと聞くと、ああいうのはフィクションだがおおむねは近いと言う。

「んじゃあんた、キャリアってやつ？」

「そうだった」

あっさり佐光はうなずいた。眉根を寄せて、利翔はうーんと考える。

「あんた、なんか不祥事でもしでかしたのか？」

「いや……ああそうか。私が辞職して外部スタッフになった理由をそんなふうに思ったのか」

「違うのか？　だって、いまの仕事のほうが明らかに格落ちっぽい感じだろが。使いこみとか、上司の奥さんと不倫とかでまずったのかよ」

これはちょっとした嫌がらせみたいなもので、本当はそうではないと思っていた。自分の経歴を語る佐光に後ろ暗い雰囲気はなく、だからこそ不思議だった。

「そんなじゃねえなら、どうしてキャリアを辞めたんだ？」

「そうだな。気の向くまま、成り行き任せに生きようと思ったからかな」

佐光は本当の理由とも思えないことを言う。はぐらかされたかと、おぼえず利翔はむっとした。

「成り行き任せって、あんたは三十過ぎてんだろ？　いい歳《とし》して自分探しはみっともないぜ」

利翔が揶揄《やゆ》してもいっこう気にした様子はなく「そうだな」と受け流す。腹立ちの矛先をかわされて空振りした気分の利翔は一拍置いてから口をひらいた。

「えと……まあいいや。元の話に戻すけど、オレはいったいなにをすりゃいいんだよ？」

「きみには私のパートナーとして補助的業務をしてもらいたい。いずれはＳＳＣのスタッフに正式登録されるかもしれないが、まずは私が個人的にきみを雇う」

「え……あんたがオレを⁉」

佐光が自分を雇う気でいる。しかも、利翔のような人間を自らのパートナーにしようとして。思いがけない申し出をにわかには信じられず、利翔は探る目で相手を窺《うかが》う。

「オレが手伝う仕事ってなんなんだ？」

「そのときどきだ。私は外部スタッフとしてＳＳＣジャパンから案件を提示され、そのなかから仕事を選ぶ格好になっている。報酬は完全な出来高制で、成功すれば支払いがある」

「へえ……あんただったら、すっげえ仕事を選びそうだな。密輸団壊滅とか、要人警護とか」

思ったままを口にしたら、佐光がコーヒーをひと口飲んで苦笑する。

「まさか。そうした案件を提示されることはないよ。そもそも私がひとりで請け負える程度の業務だ。場合によっては、ＳＳＣジャパンの社員に協力してもらうことはあるが、基本単独で動くからね。チームを組まねば到底事が成せないような大きな案件は回ってこない。それに……」

「それに、なんだ？」

すっかり話に惹《ひ》き入れられて、利翔は上体を前に乗り出す。佐光はなんでもないように返事をした。

「正義の味方はしたくないんだ。だから、できるだけ公明正大な案件は外してもらうようにしている」

「それならオレはあんたと組んで、『公明正大な案件』じゃない仕事をするのか？」

元キャリアである彼の発言に違和感をおぼえはしたが、利翔は別にそういうことでもかまわなかった。自分が誰かのパートナーとして望まれたのは初めてだったし、それがこの佐光のような男なのも破格の事態だ。

利翔にとってこうした流れは意外だが、決して悪い気持ちではなく、どころか浮き立つ気分がしている。しかし、それも佐光が発した次の台詞を聞くまでだった。

「ああ。きみだったら汚い仕事もできるだろうと思っている」

その瞬間、利翔は椅子から立ちあがった。

「ハッ、だよな。どーせそんなこったろうよ！」

「きみ……？」

「ちょっとコンビニ！」

言い捨てて、足音荒く玄関に向かっていく。利翔が気を悪くしたのを佐光がきょとんと見返したのがよけい癪《しゃく》に障っていた。

（どうせオレには汚い仕事が似合いだよ！）

その程度と思われていることを気にする自分がより腹立たしい。マンションを出て、コンビニの雑誌コーナーの前に行き、ＬＥＤライトの下でガラス窓を睨んでいると、ふいに自分がなにをやっているのかと思えてきた。

（こんな、みっともないカッコしてさ）

ヒモ男のオンナに借りたままのボトムと、同じくピンヒールのミュール、そして自分よりふた回りは大きい男のシャツを身に着けて。

まったくちぐはぐもいいところだ。そしてこれこそがいまの自分の状態ということだろう。

（このままどっかに行っちまうか……？）

これまで何度も仮の宿を出ていって、戻らなかったことがある。あの男から『汚い仕事』をありがたく頂戴《ちょうだい》するより、いままでどおり女のヤサにしけこむほうがいいんじゃないか？

そう思うのに、利翔の足はコンビニを出て、佐光のマンションへと向かっていく。

どうして自分が戻ろうとしているのかはわからない。けれども佐光はあの部屋にいていいと合い鍵まで渡してきた。家事の礼を言い、利翔のために下手な料理を作ってくれ、その動機はともかくとして、自分のことをパートナーと言ってくれた。

あの男は相当に変なやつに違いないが、こちらに向けてくるまなざしには侮蔑の色は見当たらなかった。だから、利翔はもう少しだけあそこにいてもいい気がしたのだ。

そうして利翔が玄関の扉をくぐり、室内に入っていくと、食卓で読んでいた書類から目をあげて佐光は「おかえり」と言ってくる。

「ただいま」

あまりにも日常めいた佇《たたず》まいに、ついつられて返事をしたら、佐光がふっと微笑した。

「こういう挨拶《あいさつ》をし合えるのはいいものだね」

さっきのひと幕などなかったような彼の様子。あれはどういう意味だったのかと蒸し返して聞くのは嫌で、利翔は無言で食器類を片づけはじめた。

「ありがとう」

「メシを食わせてもらってんだ。礼なんかいらねえよ」

突《つ》っ慳貪《けんどん》に言い捨てると、佐光が軽く眉をあげた。

（なに驚いた顔してやがる）

佐光の手伝いをする流れなら、これしき当然のことだろうが。汚い仕事までさせると言っておきながら、いったいなにを考えているのかと利翔は思う。

利翔が相当にむかつく気分になっていたら、ふいに佐光が長い腕を伸ばしてきて「きみはいい子だね」と頭を撫でた。

「うっせえ」

もやもやした気分が溜《た》まっていたせいか、かなり乱暴に彼の手を払いのけた。はずみで爪が当たったのか、佐光の手の甲に傷がつき、うっすらと血が滲む。

「あ……」

ごめんと言おうかどうしようか迷ったら、彼は手の甲を自分で舐《な》めた。

「気性の荒い猫にはうかつに手を出すな。これはその教訓だろうか？」

佐光が半分面白がっているのを感じる。怯んだ気持ちがたちまち反発心へと転じ、利翔はふんっと鼻を鳴らした。

「猫とかゆーな！」

「ああ失礼。きみは……」

言いさして、佐光が借り着のシャツを眺める。ついさっき大きな動作をしたせいか、サイズの合わない前合わせから利翔の鎖骨が剝《む》き出しになっていて、彼はそこを見ているようだ。

「なんだよ!?」

「近いうちにきみの服を買いに行こう」

「ハア?」

「そうだな。次の休みにでも」

利翔は鼻に皺《しわ》を寄せ、やりかけていた片づけをふたたびはじめた。

(いきなり服ってなんなんだよ。どーせ、瘦せぎすなオレの身体がみっともねえと思ったんだろ!)

今夜はもう佐光とは口を利かないでおこうと思う。

この男がなにか言うたび心が揺れる自分が嫌だ。腹を立てたり、妙な動悸《どうき》がしてきたり、こういうのは自分でも馴染みがなくて落ち着かない。

◇　◇

そんなひと幕があったのちも、佐光の思惑はあまりよくわからなかった。彼は朝、スーツを着て外に出かけ、夕方ここに帰ってくる。その際には必ず「いってきます」と「ただいま」を利翔に言って、利翔の返事を視線で求める。言うまでその場で待っているから、なんのごっこ遊びだと思いつつ結局利翔は挨拶を返すほかなくなってしまうのだ。

しかも、何度かそれを繰り返しているうちになんとなくそのことが普通のように思えてくる。仲のいい身内のように相手を見送り、そして迎える。こんなのは自分らしくないはずなのに、変にほのぼのした情感が湧《わ》いてきて困ってしまう。

今日も帰宅した佐光を迎えて「おかえり」と応じたら、彼は提げていた紙袋を差し出してきた。

「ほらこれ、土産《みやげ》だ」

「なんだ、そりゃ？」

「フォンダンショコラだよ。家のことをしてくれている礼だ」

「礼はいらねっつっただろ。オレがタダ飯食うのが嫌なだけだって」

「まあそうなんだが、思った以上によくやってくれているから。今日だって部屋の窓ガラスを綺麗にしてくれただろ？　それにリビングの片づけも」

ぐるっと室内を見回して、ありがとうと口にする。こういうときの佐光の笑顔は心臓に悪いくらい爽やかで、幾分細めた眸にはやさしい光が浮かんでいる。

「だから礼を言うなって。片づけだって、元々あんたが新聞をひらいたままテーブルに置いてたり、パジャマを脱ぎっぱにしていなけりゃ済むことなんだ」

自分のしたことを認められ、褒められて、視線で撫でるようにされる。それがどうにも面映ゆく、ついつい彼に憎まれ口を叩いてしまった。

(だって、こいつが散らかすのはほんとのことだし)

こうしてともに暮らしてみると、佐光は呆《あき》れるほどずぼらだった。キッチンを汚しても拭《ふ》くという発想はないようだし、雑誌は読んだところに置くから、たまにトイレや風呂場で見つかる。これまで洗濯はどうしていたのか聞いてみたら、下着に至るまでクリーニングに出すという非常識さ。料理のほうも言わずもがなの駄目っぷりで、全般的に家事能力はからっきしだ。

「そうだね、すまない。次からは気をつけるよ」

佐光はこうして口では反省しているふうだが、しょせん言葉だけだろう。それが証拠に、彼はポケットに入っていたレシートを取り出すと、丸めてテーブルの上に放った。

「お詫《わ》びに私がなにか飲むものを淹《い》れてあげよう。きみはコーヒー、紅茶、ミルクのうちどれがいい?」

「あっ、やめろ。オレがやる」

ゆうべ佐光はインスタントコーヒーをキッチンの床にこぼし、そのままにしておいたのだ。

あとで利翔がそのべたべたを素足で踏んで嫌あな気持ちになったのはまだ記憶に新しい。

利翔は急いでキッチンに駆けこんで、ふたり分のコーヒーを淹れて戻った。

「ああ、ありがとう」

ふたつのカップと、土産の菓子を載せた皿とをリビングのテーブルに置き、利翔もソファに腰かけると、隣の男に文句を垂れた。

「だから礼を言うなっての」

佐光はちょっと首を傾げ「どうして礼を言われるのが嫌なんだ?」と聞いてくる。

「ありがとうって言われると、オレがうれしくなるだろが。したら、そいつの貸しにしたのがその時点でチャラになんだろ」

なんで当然のことを聞くと利翔は呆れる。

「……んだよ。あんた食わねえのかよ?」

佐光はコーヒーも飲まないでじっとしている。利翔が見咎《みとが》めたらようやく身じろぎ、なにやら微妙な表情で顎を撫でた。

「きみは……いや。その菓子は美味しいか?」

「クソ甘《あめ》ぇ」

佐光は残念そうにいくらか肩を落としてみせた。

「きみの口には合わなかったか。糖分をたくさん摂って、もっと太ればいいかなと思ったんだが」

「貧相な身体つきで悪かったな」

「きみのことをそんなふうには思っていない。きみは標準よりウエイトは足りていないが、全体のバランスはよく整っている。手足が長いから動きも綺麗だ」

「……ほんとか？」

「こんなことで嘘は言わない」

利翔の唇が知らず緩み、それに気づいてフンと斜めに視線を逸《そ》らした。

「この菓子がまずいとは言ってない。ちょっと甘いかと思っただけだ」

「じゃあよかったら、私の分も食べないか？　じつは甘い菓子類は苦手なんだ」

利翔は横目で佐光を眺める。面白がっているふうではなく、結構真面目な顔つきだった。

「しゃあねえな。あんたも自分が食わねえんなら、わざわざんなもん買ってくんなよ」

「そうだね。次からは気をつける」

照れ隠しにつんけんした口調になったが、佐光は鷹揚《おうよう》に受け止めた。

（……なんつか、肩透かしってのか？　オレばっか気い張ってんのが馬鹿みてえ）

どれだけ利翔が感じの悪い態度を取っても、彼は大人の言動を崩すことがなかったし、そうなるとこちらのほうも次第に穏やかな対応に慣れてきて、幾日か経つうちには妙に和やかな会話すら交わすようになってきた。

「あ、今日な、ボディシャンプーが切れてたから買っといた。前のと同じでいいんだろ?」

「いいけど、きみはどうなんだい? なにか好きなのがあれば替えてもいいんだよ」

「オレは別に好きなのとかそんなんねえから。あんたが使ってたやつでいい」

利翔がこれまでにないくらいゆったりとした、けれどもどこかもやもやした気分をかかえて、さらにこの部屋で数日を過ごしてのち佐光が話をしようと言った。

「それが終わったら、少しいいか?」

今日は出かける予定がないのか、彼はスーツではなくポロシャツとスラックスでキッチンに来て、洗い物をしていた利翔に声をかける。

「ああいいぜ。もう済んだ」

声には出さないが緊張感をおぼえながら、利翔は大きな背中についてリビングのほうに行く。佐光の仕事は土、日が休みという訳ではないようで、休日の格好を見るのはこれが初めてだった。

(改めてオレになにを言う気なんだ?)

おそらく佐光を補助する仕事の話だろうと利翔は見当をつけている。これは佐光が自身で言ったことでもあるし、むしろ切り出すのが遅いくらいだ。家事をさせるためだけにこの部屋に置いている訳でもないしと利翔は思い、それからふっと別の考えを頭に浮かべた。

(それとも、もう出てってくれか?)

この十日ほどは、佐光が利翔を冷静に観察するための期間だったら？　親切な態度や、穏やかな口調の裏で、利翔という人間のレベルを測り、結果として使えないと判断した？

うがち過ぎかもしれないが、そんなこともない訳ではないだろう。

（そしたら……いいさ。わかったと出てってやる）

不安を押しきり、そうしたことは何度もあったと利翔は自分に言い聞かせる。

――彼が来るからいますぐに出てってよ――おい、てめえ。いつまでここに居ついてやがる――あんたには飽きちゃったのよ――失《う》せな、クソガキ。

皆気まぐれで利翔を拾い、自分の都合で放り出した。佐光だけが例外ではないはずだ。

「きみ……どうした？」

いつの間にかうつむいていたらしい。ハッとして視線をあげれば、こちらを訝《いぶか》しく見ている男が目に入る。

「な、なんでもねえよっ。それよか、さっさと話ってのを言いやがれ」

「じゃあ、そこに座って。いまから説明をするからね」

利翔がソファに腰を下ろすと、佐光も隣の場所に座る。

「怪我の具合もよくなってきたみたいだし、そろそろ業務にかかっていいかと思ってね」

その台詞を聞いたとき利翔の心に湧いたのは、口惜しいことに安堵《あんど》の想いだ。

（くっそ。オレは別にこんなやつ、いなくたってかまやしねえ）

ただここを出ていって、次を探すのが面倒なんだ。だからちょっと動揺してしまっただけだ。仏頂面で腕組みし、利翔は強気な自分を取り戻そうとした。

「業務って、あのＳＳＣのか？」

「ああそうだ」

「そういうことならいつでもいいぜ。汚《きたね》え案件でもへっちゃらだ」

言うと、佐光が可笑《おか》しそうに目を細めた。

「きみのやる気は買うけどね、まずは基礎知識を得るための講習からはじめてもらうよ」

「講習って？　あんた、いま業務にかかるって言わなかったか？」

「そのとおりだが、ＳＳＣの業務に取り組んでいくためには専門知識が必要だ。対象者を守るにしても、見張るにしても、そのためのノウハウが必須なんだ。加えて、その業務を円滑に運ぶために情報を集めるスキルや、事の最中に発生するトラブルに際しての対処法など、おぼえることはたくさんあるが、まずは初心者講習をひととおり。そののち実地研修で、こちらのほうはふたりの講習者が組になって簡単な業務を実際に遂行する」

これらの講習には二週間を要し、ＳＳＣジャパンが所有している施設内にその間中泊まりこみになるという。

「最後の実地研修がきみにとっての初仕事だ。うまくいくよう祈っているよ」

「……オレはあんたの補助をするんじゃなかったのかよ」

図らずも不満が声に出てしまった。佐光からパートナーに望まれていたからには、最初から彼と組むと思っていたのだ。それが、結局新人研修。

もちろん自分は素人《しろうと》で、いきなり彼の手伝いができるはずもないのだが。

「私がついていないと不安か？　だったら、講習先にときどき様子を見に行くが」

まるで子供をなだめるように佐光が微笑む。利翔はカッと顔面を赤らめた。

「うっせえな。誰が不安だって言った！　いいか、ぜってえ講習先に来んじゃねえぞ」

「きみがそう言うのなら」

拗ねたところをあやされて、利翔はなんだかむずむずしてくる。親からでさえこんなふうに気遣いされたおぼえはないのに、佐光は自然に利翔のことを甘やかすのだ。

落ち着かなくて利翔は思わずそっぽを向いたが、佐光は姿勢を変えなかった。

（……なんだよ、もう話は終わったんだろ。なんで、いつまでもこっち見てんだ？）

視線を感じて、利翔が横目で見てみれば、彼が隣から微笑んでくる。

（ちっくしょ。なんでこいつは無駄にカッコいいんだよ）

スーツもすごく決まっていたが、ポロシャツにスラックスも佐光によく似合っている。ゆったりと組んでいる長い脚。女ばかりか男でも見惚れるような顔立ちは、そこらの俳優くらいでは足元にも及ばない。ダークブラウンの彼の髪は人工的に色をつけていない証拠に、きりりとしたその眉も、長い睫毛《まつげ》も同じ彩りを持っている。そして、佐光の二重の眸は独特の深みがあって、見ているとそこから目が離せなくなる。

利翔が鼓動を速めつつ佐光の顔に見入っていると、彼はおもむろに首を傾け、こちらの頭の横あたりを眺めてきた。

「その髪は少しばかり講習には不向きだね。よかったら、私が切ってあげようか？」

「あっ、え、髪？　……って、切るって、あんたが⁉」

ひとしきりあせったあとで利翔が引け腰になったのは、佐光の手先が器用だとは到底考えられないからだ。しかし、彼は自信たっぷりに請け合った。

「大丈夫。私に任せて」

佐光はそののちリビングの床の上に新聞紙を敷き、そこまで持ってきた椅子に利翔を座らせた。ビニール製の大きなゴミ袋に穴を開け、それを頭からかぶった姿は間抜けだが、利翔はなんとなく気持ちが浮き立っている。

「ほんとにちゃんと切れんのかよ？」

佐光の手元を見ようとした利翔を制して彼が言う。

「ああ動いてはいけないよ。髪が入るから目も閉じて」

この言いつけに従ったのは自分のためで、おとなしく椅子に座る利翔の髪を佐光は丁寧に櫛《くし》で梳《す》き、濡《ぬ》れタオルで湿らせてから、おもむろにハサミの音を立てはじめる。利翔が彼の作業の合間に薄目を開けて見てみたら、男の真剣な表情が頭のすぐ近くにあった。

（……すっげえマジな顔）

利翔がそれについ見惚れてしまったのは、彼の顔が自分とはまるきり違って男性的な印象が強いからだ。秀でた額に、しっかりした眉。鼻が高く、唇は肉厚で、顎の輪郭も利翔のように細くはない。

どこからどこまでも上質な大人の男が利翔のために大真面目で髪を切る。それがなんだか面映ゆい感じがしてきて、利翔は向けていた視線を下げた。

「こらこら。急にうつむくと、切り損なうよ」

ほら、と男の大きな手のひらが顎を覆う。顔を元の位置に戻され、

「このままじっとしているんだ」

いいね、と佐光の告げる声が息吹とともに頭にかかる。とたん、ぞくっと背筋になにかが走ったのは、ただの気の迷いなのだろうか？

（バッカじゃねえの。こいつはいい歳のおっさんで、オレはホモじゃねえっつの）

佐光を妙に意識している自分に突っこむ。こんなふうにかまわれるのは初めてだから、調子がおかしくなっているのだ。

（べたべたされんのは好きじゃねえのに）

自然と目を閉じてしまうくらい佐光の指は気持ちがいい。そうして利翔が妙なむずがゆさ

と、うっとりするような気分とを同時に味わっていたときだった。

「さあ出来た」

満足げな響きが聞こえ、利翔はハッと目を見ひらいた。すると佐光はいつしか利翔から身を離し、リビングのテーブルからなにかを取りあげている最中だった。

我に返って利翔が瞬《まばた》きをしていれば「ほら見てごらん」と手鏡を渡される。それを覗《のぞ》いて——利翔の手がわなわなと震えはじめた。

「てめ、これ……」

「どうだい、まっすぐに切れただろう？」

佐光がいかにも得意そうに胸を張る。利翔は血管が切れそうになりながら立ちあがった。

「なんだよ、こいつは⁉　オレはちびまる子ちゃんか！」

あろうことか、佐光は利翔の髪をおかっぱにしていたのだ。耳のちょうど下あたりで揃《そろ》えた髪は、これまでにおぼえがないほどダサかった。

「あんたがくれた生活費から千円もらうぞ！」

ビニール袋を手荒く脱いで、身体についていた髪を払うと、利翔は玄関へと踏み出した。

「いいけど、どこに行くんだい？」

「どこって決まってんだろう！　散髪屋でこの髪をなんとかしてもらうんだよ！」

「その髪型はよくなかったか？」

「いいも悪いもねえだろが。こんなじゃ人前に出られねえ！」

言うと、佐光が近くに来て「可愛いのに」と残念そうにつぶやくから、よけい利翔は腹が立った。

これだけ頭と顔がいいのになんてことだ。いやだからこそ、天はいろいろ持ち過ぎの佐光に対してセンスだけはおかしくしたのか？

「どけよ、デカブツ。玄関への通路を塞ぐな」

脛《すね》をがしがし蹴ってやったら、多少は閉口したように相手は「痛いな」と口にする。

「せっかくまっすぐに揃えたのに。……仕方がない。私の行きつけの理髪店に連れていくから」

佐光が名残惜しそうに利翔の髪に触れてくる。さらさらの黒髪をひと束掬《すく》って元に戻し、ふたたび両手で利翔の頭全体を包むように撫でてきた。

「出かけたついでに衣類も買い整えようか？　今日は私も休みだし、昼食は外にしよう」

「いいけど、洋服屋は高いとこに連れてくなよ。いつか金が入ったら返すんだかんな。あまり借金を増やしたくねえ」

大きな手に頭を包まれ、外での食事に誘われて、ふいに動悸がしてきたが、利翔はあえて厳《いか》めしい口調を作った。

「衣服くらいは私のほうで負担してもいいのだが？」

「いらねーよ。あんたに服を買ってもらうサービスはいまんとこしてねえし」

佐光への貸しポイントはこの部屋で家事をしているくらいだから、さほど大きなものではない。ぶっきら棒に言い返したら、なぜか佐光が固まった。

「なにあんた？　出かけんだったら、支度するなりなんなりしろよ。そこに突っ立っていられると、邪魔でしょうがねんだけど？」

「あ。ああ……その。きみは……」

めずらしく言いよどむから、なにかあるならさっさとしろとうながすと、ややあってから告げてくる。

「これまでに世話になったひと達にどんなサービスをしていたんだ？」

「どんなって、セックスとかか？　オレからは持ちかけねえけど、相手がヤりてえって言ったときはな」

もっとも相手は女だけで、男からはそんな気配があっただけでぶっ飛ばして逃げていた。

自分の身体しか資本のない利翔にとって、男と寝るのはさまざまにリスクが大きく、避けねばならない危険な行為だ。新宿あたりをうろつけばゲイカップルなど幾らもいるし、他人がそうすることに精神的な忌避感はないのだが、自分が男と寝ようとは思わなかった。

「……今度の講習会、私も施設に顔を出そう」

「ハア？　嫌だよそんなん」

なにをいきなり言い出すかと、利翔は背を反らせながら顔をしかめる。真ん前に立たれると、佐光の顔を見るためにはかなり顎をあげなければならないのだ。

「ぜってえ嫌だって言っただろ。ガキじゃねえんだ。送り迎えはいらねえよ」

「きみの送迎のためではない。私もちょうどあの施設に用事があるんだ。ケビンから情報技術についてのレクチャーをしてくれないかと頼まれていたんだよ。来週くらいなら時間が取れそうだから彼と落ち合うことにする」

「なんだ。仕事で来んのかよ」

それだったらしかたがないと、利翔は舌打ちして反論をあきらめる。

「ところで、ケビンて誰なんだ?」

「ケビンはSSCジャパンの副支部長で、私とは大学時代の友人だ」

「大学って?」

「ハーバード。こっちの大学を出たあとで、二年間留学していた」

そう言ったあと、佐光は「それでは出かけようか」と玄関に足を進める。

利翔もあとから通路に出て、ふたりしてエレベーターで一階に下り、マンションの前の道路で彼が停めたタクシーに乗りこんだ。

佐光が告げた行き先は銀座四丁目だったから、どんなクラスの理髪店かは簡単に想像できる。平日で混《こ》み合う道路を眺めながら、利翔は自分の隣に座る男のことを考えた。

(あそこらへんなら電車で行くほうが早いのに、わざわざタクシーを使ったのは、オレが人前に出らんねえって、この髪型を嫌がったからだろうな)

こういうあたり、佐光は本当に行き届いた気配りができるのだ。

紳士的で、頭がよくて、学歴も飛び抜けて高い男。SSCジャパンの副支部長を友人に持ち、自らも情報技術のレクチャーが務まる人物。そして、自分はそんな人間の補助を求められている。そのためのノウハウを身につけるため講習会に行かせると言う。

利翔がそれにまったく心を動かされずにいるというのは無理な話だ。佐光が自分のどういうところに利点を見出してくれたのかは知らないが、彼はまったく無理な注文を押しつけたりはしないはずだ。

講習会を無事に終わらせられたなら、今後は佐光の手伝いができるだろうと、彼は自分に期待をかけてくれたのか?

「さあ着いたよ。……どうしたんだ?」

「ん、いや。なんでもねえ」

我知らず考えこむ表情になっていたのか、しばらくのちにタクシーが停車したとき、怪訝《けげん》な面持ちで佐光が聞いた。利翔はそれに頭を振ってごまかすと、理髪店に入っていく。

(半個室になってんのか……思ったとおりリッチなとこだな)

この店は佐光の行きつけというだけあって腕がよく、利翔の髪はお洒落《しゃれ》感を伴った上品なデザインにカットされた。

そして、そののちに出向いた場所は利翔の意向を汲んで、どこの道路沿いでも見かけるような紳士服の量販店。利翔はそこで佐光のアドバイスに従って地味な色のスーツを買った。

「講義に参加する予定なのはＳＳＣジャパンの社員で、おそらくきみよりは年上ばかりだ。周りもスーツの男たちがほとんどだろうし、このほうが浮かなくていい」

スーツのあとは小物と普段着も何着か購入し、利翔はひさびさに佐光のシャツと女物のパンツから解放された。

「きみは黒ばかり買うんだね。その色が好きなのかい？」

買ったものに着替えてから店を出ると、そんなことを佐光が聞いた。

「好きとかはねえけどな。女のやつを借りて着るのが多かったから。黒色だったら、そんなにおかしかねえだろう？」

佐光はシンプルな黒シャツと、ブラックジーンズを纏った利翔を見下ろして「うん。おかしくはない。きみによく似合っているよ」と恥ずかしげもなく言ってのけた。

「……あんなあ。そーゆー台詞は女用に取っとけよ」

「どうしてだ？　本当にそう思ったから言ったまでだよ」

（チッ。天然か）

こういうところ、佐光は結構性質の悪いやつだと思う。たぶん彼本人に余裕があるせいだろう、なんでもないように相手をいい気持ちにさせる。もしもこれが女だったら、十中、八、九、佐光に気持ちが傾くに違いない。しかし利翔は佐光の言動に熱をあげる女ではないのだから、そんな台詞ごときではうっとりとしないのだ。

「オレの荷物はオレが持つ。それと、ナチュラルに車道側を歩くんじゃねえ」

「わかったよ、わかったから蹴らないでくれ……ああ、あの店だ」

そのあと入ったイタリアンレストランはこぢんまりしていたが、落ち着いて趣味のいい内装だった。ふたりは窓側の席に通され、佐光から「なにを食べたい？」と問われた利翔は「安いやつ」と応じ返した。

「それでは、このお任せランチを」

ギャルソンに告げたあと、佐光が「これでいいかい？」と微笑を含んで聞いてくる。甘やかすようなその顔が気に入らなくて利翔はむっつりうなずいた。

（デート中に我儘《わがまま》言われた彼氏みてえなツラすんなって）

しかも相当彼女に甘い男みたいに。

「あんたさあ、恥ずかしくねえのかよ？」

「なにが？」

「こんな小洒落たレストランにオレみてえなの連れて入って」

佐光の連れとして利翔は完全に人選ミスだ。そのことは、店の客がまず佐光を見、それから利翔を眺めたときに怪訝な顔をするのでわかった。佐光と一緒でおかしくないのは、たとえば斜め向かいの席の綺麗な若い女とかだ。

「きみは私と一緒にいて恥ずかしいかい？　私などより美女と食事がしたかった？」

「んなこと言ってねえだろが。オレは別にいいんだよ。あんたが気にするかと思っただけで」

「それなら私も別にいい。むしろどんな女性よりきみといるほうが楽しいからね」

これを真顔で告げてなおかつ格好いいと感じさせるのは、佐光ならではだと思う。

返す言葉に困ってしまって、利翔はしばらく黙っていたあと、目の前に置かれたランチをもそもそと食べはじめた。佐光のほうも無理に話を弾ませようとはしないまま、昼間は暑くなってきただの、もっと普段着を買っておけばよかっただのと、無難な話題を振ってくる。

やがてふたりがメインの料理を食べ終えて、デザートとコーヒーが運ばれてきたときに、佐光がポケットからなにかを出して、利翔の前に示してきた。

「なんだ、これ？」

佐光が手渡してきたものは時計だった。メタルバンドのそれは洗練されたフェイスをしている。ロゴマークから察するに、海外ブランドの高級品だ。

「無事講習が終わるように。私からのプレゼントだ」

「い、いらねーよ。こんな高いの」

利翔はこれまであの部屋で家政婦の真似事くらいしかしていなかった。なのに、こうして洒落た店内で向かい合って、佐光から贈り物をもらうような理由など思いつかない。

これじゃますますデートのようだとあせってしまい、返すと腕を突き出せば、佐光が穏やかに微笑みながら首を振る。

「実は買ったんじゃないんだよ。それは昔、私が使っていたものなんだ。サイズだけきみに合うよう縮めさせた」

「お下がりかよ！」

反射で憎まれ口を利き、それから胸がざわついた。

（こいつが使ってた時計をオレに……？）

利翔は少したためらってからその時計を手首にはめた。

「うん。サイズはぴったり。きみがすると、旧《ふる》い時計も見違えるほど素敵になるね」

そんな恥ずかしい言葉で褒められてしまったら、胸のざわつきがよけいにひどくなってくる。

「もう。だぁかーら！　そういう台詞はやめろって！」

「ん？　もしかして照れたのか？」

「んな訳ねえだろっ。おっさんから物もらって照れるとか気色悪い！」

これは本心ではなかったけれど、利翔はどうしてもありがとうとは口にできない。

明らかにいらないものを投げ渡されていたならまだしも、佐光がくれた腕時計は『利翔だから』譲ってもらった感じがしたのだ。それゆえよけいに戸惑って、素直な言葉が出てこなかった。

「……でもまあ、せっかくだしもらってやるよ」

ややあってから、利翔はぼそっとつぶやいた。

「時計に罪はねえもんな」

手首には腕時計ひとつ分の重みを感じる。慣れないそれが悪くない気分なのは、利翔のガードが緩んでいるせいだろうか。

(そんでも、うれしいとか別にないし)

佐光が使っていた時計などいつでも彼に突き返せる。

利翔がそう心を決めれば、たぶんできるんじゃないかと思う。だからそれまでは預かってやってもいい。

◇　◇

その翌々日、利翔はＳＳＣジャパンの講習を受けに行った。手には佐光が出してきたボストンバッグを提げている。彼にうながされるままに日用品をそれに詰め、東京郊外にある施設とやらに向かったのだ。もっとちいさなところかと思ったが、そこは近代的な建物と広い庭を有した場所で、ＳＳＣジャパンの規模の大きさが感じられた。

（ここでちゃんとやれればさ、オレはあいつのパートナーになれんだよな）

講習には二十名ほどの男たちが集まっており、年上ばかりの彼らのなかに加わりながら利翔はそんなことを思う。

（まっ、別にどうしてもそうなりてえって訳じゃねえけど！）

「部屋は基本、二名で使用してもらう。部屋割り表を受け取ったら、その場所に荷物を置いて、いまから十分以内に第三講義室に集合。遅刻すれば、即帰宅命令だ」

ロビーでいかつい男から紙を渡され、荷物を解く暇もなく、利翔は早速彼らに交じって警備のための基礎的ノウハウを学習することになった。

最初の説明ではこの講習は警察の捜査専科講習を簡略にしたもので、ＳＳＣの警備員は刑事の職務と似通った部分があるからということだった。

もちろん刑事のように事件を捜査し、犯人逮捕に努めるようなことはないが、依頼に応じて対象者に害をなす相手を突き止め、取り押さえることもする。

そのための情報技術や、逮捕術。また、科学的な分析方法や、心理学を応用したアプローチなど、基礎的とはいうもののかなり高度な内容が盛られている。

（こんなん中卒のオレにやらせせんなよな）

当然ながら利翔はテキストを読むだけでもひと苦労で、講師の述べる内容がなかなか頭に入ってこない。部屋に戻ってから枕元のライトを点《つ》けて、深夜までそれを頭に叩きこもうとするものの、このなかで最も落ちこぼれている自覚はあった。

講義の最中に内容を問われても、しどろもどろで答えられない。そんなときにはもう帰ってやろうかと思いもするが、佐光の顔が頭に浮かぶと逃げ出したくない気持ちが湧いた。

（ああクソ。いまさらだけど、もっと勉強しとくんだった）

自己嫌悪と軋むプライドとをかかえながら、どうにか帰宅命令が出されることもなく時間は過ぎて――ついに初心者講習の最終課題を迎える日となり、相部屋だった男と組んでの実地研修がはじまった。

そして、その日の晩。

「きみがここにいる理由を聞こうか？」

利翔の目の前には佐光がいる。講習が終了していないのに、どうしてそんな事態になっているかといえば、実地研修の当日に利翔は相方の男と大喧嘩をしたあげく、勝手に施設を飛び出したのだ。

どこに行くあてもない利翔が夕刻佐光のマンションに帰ってきて、それから三時間後にこの部屋の所有者が戻ってきた。

「あそこからきみの荷物を預かってきた。研修時のパートナーと諍《いさか》いになったそうだが、原因はなんなのだ？」

ボストンバッグを床に下ろし、佐光は冷ややかなまなざしを向けている。それに負けまいと、利翔は座っていたソファから立ちあがり、彼の顔を睨みつけた。

「あんなやつ、パートナーなんかじゃねえし！」

元々感じの悪い相手だと思っていた。利翔のことを『ど素人のガキか』と言って憚《はばか》らず、侮る態度を隠してもいなかった。

利翔はそれでもその男がただ同室の相手でいるあいだは我慢した。けれどもいざ同じ業務に就かされると、いい加減深まっていたふたりの溝が決定的になったのだ。

「あいつはオレを最初から馬鹿にしてた。張りこみをやらされたとき、オレにばっか面倒くさい用事を言いつけてきやがって、使えねえ下っ端はそれくらいしかできねえだろって……」

「それできみは癇癪《かんしゃく》を起こしたのか？」

「癇癪言うな！　オレが駄々捏《こ》ねたみてえじゃねえか」

佐光はフウッとため息をつき、冷淡な視線を投げた。

「まさしく子供の駄々と同じだ。きみのしたことは気に入らないことがあると、家に逃げ帰る子供の仕業と一緒だろう？　いったいきみはなにを習いにわざわざあそこに出かけていった？　なにがあろうと業務放棄はプロの恥だ。それくらいは講習で理解したと思っていたが？」

「それっくらい、言われなくてもわかってんよ！」

「わかっているなら、どうして？」

ぐっと利翔は息を呑《の》み、拳を固く握り締めた。

「言わなければ、私も事情が把握できない。もしも正当な理由があるなら、ＳＳＣに釈明する余地もあるが？」

「なんもねえ！　ただあの男が感じ悪いってだけのことだ！」

「小塚くん」

とたん、利翔はビリッと背筋を震わせた。めったにないことに名字を呼ばれた。けれどもそれはなんと冷たい響きだったか。抑制されてはいたものの、威圧を含む気配だったか。

頰を引き攣《つ》らせた利翔の許《もと》に佐光がゆっくり歩み寄る。

「あの講習できみが怠惰《たいだ》な様子だったとは思えない。きみだけがまったくの素人であるのにもかかわらず、帰宅命令も受けずに最終課題まで辿《たど》り着いたのがその証拠だ。だからこそ、最終課題を放棄したのは理解に苦しむ。そこに至る事情を的確に報告するのも、きみの勉強のひとつではないだろうか？」

佐光からこんなふうに問われることはわかっていた。彼の期待に背いたことも。

それでも利翔はなにがあったのか明かしたくない。むしろ佐光だからこそ、この顚末《てんまつ》を言いたくないのだ。

「報告って、あんたはオレの上司かよ⁉　どんだけえらぶりゃ気が済むんだ！」

「えらぶってなど……待ちなさい。どこに行く？」

愚にもつかない反論をしたあとで、踵を返した利翔が言葉で止められる。それにはかまわず玄関に行こうとして、より強く咎める声が利翔の耳に飛びこんできた。

「きみは自らが行うべき責任を果たしていない。逃げて、それで問題が解決するのか？」

「正論なんかたくさんだ！」

これはただ追い詰められた人間のヤケクソ交じりの叫びだった。なのに、佐光は「そうか」と低くつぶやいた。

「私も正論は好きじゃない。この部屋を出ていきたいなら行くといい」

聞いた瞬間、ズキッと胸に痛みが生じた。

（これで……もうおしまいか？　こいつの期待に背いたオレが悪いから、ここで切り捨てられるのか？）

しかし、佐光は決して大きくはないものの威迫のこもる声をさらに投げかけてきた。

「出ていくのはかまわないが、一時間で帰ってこい。そうしなければ、私との縁は金輪際切れると思え」

いつにない命令口調。それがショックで、かえって利翔の身体が動いた。

無言で玄関に走っていくと、そこに転がっていた靴を履き、ひらいたドアから外に出ると、それを思いっきり叩きつける。

◇　◇

（ちっくしょう……！）

マンションの外に出る利翔の頭と胸のなかにはぐつぐつと煮えたぎる憤懣《ふんまん》が渦巻いていた。

（あのスカポンタン。天然気障《きざ》のおっさんが！　喧嘩したのは誰のせいだと思ってんだよ！）

自分が気をつけてやらないと、しょっちゅう洗剤を切らすくせに。できる料理はハムエッグしかないくせに。洗濯の干しかたも知らないし、クリーニングも業者任せ。部屋の掃除も自分がしてやる前は、業者にまとめてやらせていたとは無駄遣いにもほどがある。

思いつく限りの欠点を掘り起こし、心のなかで盛大に悪態をついていたとき。

「ねえ、あんた。利翔じゃない？」

ハッとして視線を向けると、そこには派手な格好をした女がいる。この春の流行だろう、袖《そで》の膨らんだミニワンピースを着ている女は、ヒールの高いショートブーツの靴音を鳴らしながら利翔の傍《そば》に寄ってきた。

「こんなとこでなにしてんの？」

言いながら、利翔の全身を無遠慮に眺め回し、腕時計に目を止める。

「結構いい金蔓《かねづる》を捕まえてるみたいじゃん？」

「んなこたねえよ」

とっさに腕を後ろに隠して利翔は言った。

「あいつとはもう終わった」

「フウン……だったら、あたしと遊びに行かない？」

了解したのはほとんど捨て鉢な気分になっていたからだ。刹那《せつな》的な衝動に後押しされて、利翔は女とタクシーに乗りこんだ。

「どこに行くんだ？」

「イシュタルよ」

それは利翔も知っているクラブだった。この女は大学デビューした地方出身の金持ち娘で、彼女がクラブで遊び回っているときに逆ナンパされたのだ。確か、一、二度ラブホテルでセックスをして、小遣いをもらったような記憶がある。

後部座席に並んで座り、彼女が最近買ったものや、グルメ旅行の話などに相槌《あいづち》を打ちながら、利翔の意識は今日あった出来事から離れられない。

（オレはどうせあいつにはふさわしくないんだろ。わかってんよ、そんなこと）

同室だった三十男は元警官で、なにかと利翔を見下してきた。警察からの転職組もＳＳＣジャパンではめずらしくないそうで、一緒に講義を受けていた男たちの半数ほどはそちらに籍を置いていたと聞いている。

もちろん警察を退職してＳＳＣに入社してきたすべての者が居丈高という訳ではないだろう。しかし、その男はそうした姿勢を露骨に表し、なおかつ警察関係のヒエラルキーを引きずっていた。

まだ初対面に近いころ、素人のガキだと小馬鹿にしてきたのも大概感じが悪かったが、さらに間の悪いことに佐光と知り合いだと気づかれて、利翔に対する態度がさらに悪化したのだ。

――やあ、頑張っているみたいだね。

講習がはじまって一週間後、利翔が別の講義室へ移動する際に佐光が声をかけてきた。どうやら副支部長にレクチャーすると言っていた用件で、この施設に来たらしい。

――きみが講習を無事終えて帰ってくるのを待っているよ。

やさしい言葉で頭をよしよしと撫でられて、利翔はとっさに彼の手をはたき落とした。

――気安くさわんな！

ことさら乱暴な言動になったのは、同室の男からガキ扱いされるのが嫌になっていたためだ。もちろんそれが乱暴の言い訳にはならないが、佐光は特に怒りもせずにひとつ肩をすくめると、金髪の男とどこかに去っていった。

——おい、おまえ。あの方の親戚かなにかなのか？

利翔の振る舞いを気にしたのは、佐光ではなく同室の男のほうで、違うと言ったらあからさまにムッとした。

どうやらこの男は警察庁にいたころの佐光を知っていたらしく、利翔のような子供と親しくしているのを納得できないと思ったのか、以後は事あるごとにやたらと突っかかってきた。

——俺が警官だったころ、あの方が所轄の警察署に視察に来たんだ。まだ三十歳になるやならずのころだったのに、署長はひたすらあの方の顔色を窺っていた。それに応じるあの方は鷹揚で、そのうえ高い精神性が感じられた。だから視察が終わったあとで、東大卒のキャリアもたくさん見てきたけれど、いちばん品格に溢《あふ》れているのはあの方だって署内のみんなで言ってたんだ。

男は佐光に崇拝の念をおぼえているらしく、利翔との関係を根掘り葉掘り聞いたあとは、いつも信じられないとまなざしを尖らせた。

——なんでそんな物好きを。素性も知れないガキをご自宅に入れるなんて。

確かに佐光と知り合って間もないころ、彼が金と部屋の鍵を渡したときは不用心な男だと考えたこともある。しかしそれを他人に言われたくはない。

——ほっとけよ。あいつが変人で、あんたに迷惑かけたかよ。

これを言ったら、変人とは無礼なやつだと血相変えて怒りはじめた。

日を追うごとに利翔とその男との亀裂は深まるいっぽうで、相手からの攻撃的な言動もますます増えていくばかり。そうして実地研修で対象者の張りこみをしたときに、溜まりに溜まった鬱憤がついに爆発したのだった。

——おまえにあの方のサポートが務まるもんか。あの方がSSCでなにをしてるか知りもしないガキのくせして。

——なにをって、外部スタッフやってんだろ！　単独でやれるようなちいさな案件を選んでるって言ってたぞ。

——ほらやっぱりな。おまえには大事なことを教えてないんだ。要するに信頼されてないんだよ。たんなる気まぐれでおまえを拾っただけのことだ。

——うっせえ、黙れ！

そこから先はお互い手が出た。利翔のほうが先に殴りかかったものの、相手のほうが元警官では到底敵《かな》わず、腹に二、三発入れられたあと、歩道の上にしゃがみこんだ。そうしても う負けたと思わせ、相手が油断していたところに一発金的蹴りをかませ、そのまま走って逃げたのだ。

（あいつに信頼されてない……オレなんかとは不釣り合い……そんなん自分でもわかってんよ。だから、あの男にそう言われても別に傷ついちゃいねえから。ショックでもなんでもねえ。喧嘩したのは、あいつにただムカついたから。それだけのことなんだ……）

「着いたわよ。なにぼうっとしてんのよ？」

その声にハッと利翔は我に返った。タクシーから降りるとき、腕時計に目を落としたのは無意識だ。

（あれから十八分か）

どうなってもかまうもんかと思ったのに、佐光の家を出るときに利翔は時間を確認していた。

「さあ行きましょ。どうせお金ないんでしょ。誘ったんだから奢《おご》ってあげる」

女について地下に下りつつ、利翔はポケットに手を入れた。剝き出しのまま入れてある札は三枚。五千円が一枚と千円が二枚分だ。これだけあれば、タクシー代には充分足りる。

（……どこまでのタクシー代だよ）

帰ってなんかやるもんかと利翔は思う。あそこに戻れば佐光の冷ややかなまなざしが待っている。自分が佐光にふさわしくないと思われて喧嘩した、そんな甘ったれたことをその当人に告げなければならなくなる。

逃げの入ったちっぽけな矜持かもしれないが、膝を折って許しを請えば、相手はさらに嵩《かさ》にかかって責めてくる。そんな記憶しか持っていない利翔には、ごめんなさいと素直に言うことができないのだ。

利翔は女とクラブに入り、渡されたドリンク券でふたり分の飲み物を作らせる。それを持って混雑している店内を眺めると、うんざりするほど見慣れた光景が広がっていた。浮薄な会話と、いちゃつきと、見栄の張り合い。酒と、煙草と、香水で澱んだ空気。

（あのときの雰囲気は、そんなに悪くなかったな……）

講習室ではぴんとした気配が張り詰めていた。学ぶことは幾らもあって、利翔の脳味噌は回転し過ぎて焦げつく一歩手前だったが、同時になんとなく爽快感もおぼえていた。

何年ぶりかの学習は学校のときと違って、まったく退屈しなかったのだ。なによりこれを身につければ、佐光の補助業務に役立つ。そうした明確な目的意識があったためか、自分の部屋で深夜まで講義を復習することも少しも苦にはならなかった。

もしかしたらちょっとだけ、まともな人間になれるのかもしれない。そんなふうに思った分だけ、利翔が佐光から信頼されていないと言われてショックを受けた。

（だけど、オレはどうなんだ？　あいつのことを信頼してるか？）

自答して、苦々しく首を振る。そうではないから、多少突《つっ》かれただけのことであんなにムキになったのだ。自分が信じていない相手に、おのれを信じろと言うほうが無茶な話だ。

（……三十二分）

見たくはないのに、つい文字盤を目に入れた。こんなもの外してしまおうと腕時計のバンドに手をかけ、しかしそこで動きが止まる。

（信頼とかはしちゃいないかもしんないけど……佐光はこまめにオレのやることに気づいてたよな）

彼は自分ではしないくせに、利翔が窓ガラスを拭いていたり、冷蔵庫の掃除をしていたりしたときは、必ず気づいて礼を言う。利翔が礼はいらないと告げてからは『ありがとう』とは言わなかったが、代わりに『助かるよ』と微笑んだ。

佐光が利翔に向けてくるまなざしは、やさしいときも、冷ややかなときもあったが、それには明白な意味があった。そしてそれを利翔に対して言葉で告げる、佐光はそういう部分でも公正だ。

思えば、彼が利翔を信じるか、信じないかが問題ではない。佐光は最初に自分の判断に従えと言ったのだ。その代わり、弱いままに死なないで済む方法を教えるからと。

そしてその台詞のまま、佐光は自分と一緒の業務ができるように、ＳＳＣの講習に出向かせた。利翔のような素人のガキなんか無理だと最初から思わずに、きちんと機会を与えてくれた。

確かに佐光は変な男かもしれないが、その言動は一貫してブレがない。

（けど、だからってごめんなさいって帰れるもんか。だって、そんなやり方をしたことないんだ）

グラスを持った利翔の手のひらが濡れていた。いつまでも握りっぱなしでいるからだ。向こうで女が苛つく顔で手招きしている。もしも利翔があそこに行けば、見ず知らずの元警官に嫌みを言われることもない。錆《さび》ついた頭を動かす苦労もない。これから何杯か酒を飲み、あの女とセックスする。うまくいけば、多少は小遣いをもらえるだろう。そうして――。

利翔は足早に女のいるテーブルに近づいていき、ふたつのグラスをそこに置いた。

「悪《わり》い。オレ帰るわ」

「なに言ってんのよ⁉ 来たばかりでしょ」

アイラインに縁取られた女の目に怒りが浮かぶ。利翔はさっと踵を返すと、出口に向かって駆け出した。

(あと二十四分)

自分のなかで決着がついた訳では決してない。あの場所に戻ることが正しいのかどうなのかもわからない。

(だけど、いっぺんあそこに帰る。そんで、文句を言ってやる)

あんたはSSCで外部スタッフをしていただけじゃなかったのか？

オレのことをパートナーにするんだって言っときながら、それをどうして違うやつから聞かされなくちゃいけないんだ？

それだけ告げたら、気が済むから。あとのことはそののちに考える。

利翔は客を撥ね飛ばすいきおいで駆けていき——実際、何人かにぶつかって怒鳴られた——店を出ると階段を走りあがり、空いたタクシーを捕まえようと左右を見た。細い道路にタクシーは来るものの、タイミングが悪いのか、なかなか空車が通らない。悠長に待っていられず、利翔はここより大きな通りに走っていった。

「クソ。止まれ……っ！」

空車のタクシーに乗車拒否され、利翔は車道に踏み出している。別のタクシーに急ブレーキをかけさせる強引さで無理やり止めると、後部座先に乗りこんだ。

「あと十九分で行ってくれ！」

行き先を告げたあと、切羽詰まった声音で運転手に頼みこむ。

「ぜってえそれまでに着きたいんだ！」

「そりゃあできるだけ急ぎますがね。あっちは夜間工事中で、渋滞とかしてんじゃないかな」

そう運転手はぼやきながらも、車と車のあいだを縫うように車線を替えて、スピードをあげてくれた。

（あと七分）

やはり工事の影響か、途中まで来て車線が詰まった。そこからはじりじりとしか進まない。

利翔は車内で足踏みしたが、ついに車の走行は完全に止まってしまった。

「お客さん。こりゃ無理だ。間に合いそうもないっすよ」

「ドアひらけ！」

メーターを見て、利翔が五千円札を前の座席に投げ落とす。

「いますぐ開けろ。釣りはいいから！」

待ちきれずにドアノブをガチャガチャやったら「ちょっと」と嫌そうにされながらそこがひらいた。

利翔は半分ひらいたところで外に飛びだし、目的地まで一目散に駆け出した。

（あと四分）

ここから佐光のマンションまでどのくらいあるだろう？　三百メートル？　それとももっとか？

エレベーターに乗る時間を考えたら、どうあっても間に合わない。

（なのになんでオレは必死で走ってんだ？）

あきらめたくないからだ。もういいことにしたくない。駄目だと思ったらそれで終わりだ。走れ。抗え。最後まで。

利翔はマンションのエントランスまで全速力で駆け通し、建物内に走りこむと、運よく一階に下りてきたエレベーターに飛び乗った。そうして佐光の部屋の前までたどり着く。

（っ……！）

ポケットから出して持っていた部屋の鍵があせるあまり手から落ちた。飛びつくように床に伏せる利翔の姿は格好悪いものなのだろうが、もうそんなのはいまさらだった。

ぜいぜい息を切らしながら、落ちた鍵を拾ったとき。ドアが向こうからひらかれた。

「おかえり」

スーツを着たままの佐光が自分の腕時計に視線をやった。それから彼は心情を面には出さないでこちらに視線を向け替える。利翔が見あげる男の様子は冷静さを保っていたが、出ていく直前のときのような距離感は消えていた。

「残り五秒だ……随分頑張ったみたいだね」

利翔は返事ができなかった。ほっとしたのと、呼吸がまともにできないせいで、通路に尻を落としたきり身体が重くて立ちあがれない。

「おいで。とりあえず休みなさい」

男の声が聞こえたとたん、ふわっと身体が浮きあがる。驚いて瞬きしたら、ごく近くにある佐光の顔が目に入った。

光線の加減なのか、それとも遅い時刻のせいか、彼の顎が幾分陰影を濃くしていて、その分だけ男臭さを増している。それが端整なスーツ姿と交じり合うとよけいに精悍《せいかん》な印象で、ほっとしていた利翔の胸をおかしな感じに跳ねさせた。

（おんなじシャンプーとボディソープ使ってんのに、こいつの匂いはオレとは違う）

元々体毛が薄めの利翔には必要ないシェーブローションの香りだろうか、佐光のそれは都会的なのにどこかセクシーな空気を漂わせている。

「あっ、あんたは……」

「まずは呼吸を落ち着かせて。いま水を持ってくるから」

佐光に抱かれて部屋に入り、ソファのところに下ろされる。それから彼に手渡されたコップの水を飲もうとしたら途中で噎《む》せた。ソファの上で身体を縮めて咳きこむと、大きな手のひらが何度も背中をさすってくれる。

「きみがここに帰ってきてくれてうれしいよ」

静かな室内に穏やかな声が響いた。さっきまでの喧噪《けんそう》とはまったく違う静謐《せいひつ》な空間に身を置くと、心と身体が緩んでいく。

（それに、たぶん……）

静けさよりなによりも、佐光そのひとが傍にいて、彼にやさしく触れられて安堵している。ただそれだけでさきほどまで感じていた切迫感が消えているのだ。

「だけど、あんたは出ていくなら出ていけっつったじゃねえか」

安堵し過ぎたせいだろうか、図らずも甘えた言葉が飛び出した。すぐさまそれを後悔し、撤回しようとする前に佐光が苦笑して頭を撫でる。

「そうだね。だけど、一時間で帰ってこいとも私は言ったよ」

彼の真意が知りたくて、ダークブラウンの眸を見つめる。すでにそれは利翔が出ていく前に見た冷淡さを消していて、こちらを包みこむような温かさに満ちていた。

佐光はいま満足しているのだろうか？　言いつけどおりに利翔が戻ってきたことに。そうだといいと考える自分はすでに佐光に支配されている。しかもそのことが利翔は決して嫌ではないのだ。

彼の大きな手のひらに撫でられて、利翔は心からほっとしている。どころか、ここにこそ自身の居場所があるように感じていた。

（……わかったよ。あんたがボスだ。そんでいい）

だから佐光の言いつけどおり事情を告げる。水の入ったコップを握って、利翔は男の顔を見た。

「あのな……オレが同室になった男は、警察庁にいたときのあんたのことを知ってたんだ。そんでまあ色々と言われてて、結局は喧嘩になった。実地研修のとき、最初に手を出したのはオレのほうだ」

自分でも不思議なくらいすらすらと言葉が出た。佐光は「そうか」とうなずいて、利翔の隣に場所を移す。

「きみとパートナーを組んだ男は、今年の二月に警察から転職してきた。入社前に行った適性検査の結果では個人の能力に問題はなかったが、上下関係に固執する傾向を有していると記載がある。上に弱く、下に強い性格は、きみとは相性が悪いだろうな」

淡々と言ったあと、佐光はなんだかひとの悪そうな笑みを浮かべた。

「で、どっちが勝った？」

「え……？」

「喧嘩だよ」

「あ、うん。オレがあいつをぶん殴ったら、お返しに腹に二、三発入れられた。そんでうずくまってたら、今度は蹴ろうとしてきたから、その脚を捕まえたんだ。そのあとあいつがバランスを崩したところにチン蹴りをかましたら、悲鳴をあげてしゃがみこんで……あいつが涙目になりながら股《また》を押さえてヒイヒイ呻くのを見届けてから、オレはそこを離れてった」

利翔が明かすと、佐光は声をあげて笑った。

「私もその場面を見たかった。きっと愉快だっただろうな」

楽しそうな佐光の様子に、利翔は驚いて問いかける。

「あんた……でも、怒ってないのか？」

「私が？　どうして？」

「だって、あのときは……」

「私は事情を報告するように言ったんだ。喧嘩をするなとは言っていない」

呆れたことに、佐光ルールでは喧嘩はオーケイらしかった。

「あんたって、変なやつ」

ぼそっとつぶやいてから、利翔は彼に聞きたいことを思い出した。

「なあ。なんでオレに外部スタッフの仕事をしてるって言ったんだ？」

佐光は軽く眉をあげて問いに答える。

「それが本当のことだからだ」

「でもあいつはそんなこと言ってなかった。あんたは東大卒で、鷹揚で、高い精神性を持ってる。そんで、オレはSSCであんたがなにをしているか知らされてないんだって」

「そのなかの三点で、ひとつは当たり。ひとつは外れ。もうひとつは半分当たりだ」

話してくれるかと目で問うと、佐光はうなずきそれに応じる。

「私が東大卒は事実。鷹揚で、高い精神性は外れ。SSCで私がなにをしているか全部は伝えていないから、これからその補足をしよう」

言って、佐光はくつろぐ気になったのか、上着を脱ぎネクタイを解《ほど》き取った。それを無造作に肘かけに乗せるから皺になるかと思ったが、いまは話が聞きたかった。

「二年前に警察庁を辞してまもなく、ケビンから連絡が入ってきた。用件はSSCジャパンへのスカウトだったが、私はそれを断った」

「でも、あんたはいまSSCに……」

「一度はきっぱり断ったんだが、随分ケビンに粘られてね。最終的には条件付きで引き受けた」

「条件って？」

「正規の社員ではなく、外部スタッフとしてだけなら登録すると。以前きみにも言ったと思うが、私は気の向くまま、成り行き任せで暮らしていきたい。正義の味方はしたくない。ケビンはそれでいいと言って、私もしばらくは自分の選んだちいさな案件をこなしていたが、彼はなかなかしたたかでね」

微苦笑を浮かべながら佐光は靴下を両方脱ぎ、それをラグマットに放置した。

「外部スタッフとしてではなく、友人として私からちょっとしたアドバイスをもらいたい。その代わり、SSCが現在得ている情報を必要なだけ教えるし、単独行動に無理があるとき適宜社員も貸し出そう――これはフレンドシップの範囲内で、きみのポリシーをいささかも曲げるものではない――そんなふうに主張されて、まあいいかと思ったんだ」

「まあいいかって……あんたすげえ適当だな」

「だから、高い精神性は外れだと言っただろう？」

佐光が整っていた前髪に自分の手を突っこんでくしゃくしゃと搔《か》き乱す。そうすると、くつろいだ格好とラフな髪型が相まって、大人の色気が佐光から立ちのぼった。

（わ……っ、なんだこれ。目の前がちかちかする）

「……ん？　どうした？」

あまりにじっと見つめていたためだろうか、佐光が顔を傾けてこちらを見返す。利翔は頬を熱くしながら視線を逸らした。

「あ、あのな。オレちょっとあんたに聞いてみてえんだけど」

これは佐光に見惚れていたのをごまかしたい一心から出てきた台詞で、深く考えてのことではなかった。

「正義の味方はしたくねえってあんたは言うけど、その正義ってどっちを向いてのことなんだ？」

「どっちとは、例えばどういう？」

佐光の声音がリラックスしているものから、引き締まったそれへと変わる。不意に変化した男の様子にドキッと心臓を跳ねさせて、利翔は口をつぐんでしまった。

しばらくは緊張した面持ちで黙っていると、佐光がふたたびうながしてくる。

「それについてきみが考えていることを全部私に話してくれ」

「うん、えっと……例えばあんたにやくざとかが依頼してきたとするだろ？　そいつは世間では悪いやつだってことになってる。だけど、そいつは自分のことを悪いなんて思ってねえ。組長や舎弟のために頑張ってんだぞ。これは俺の正義なんだ、貫くべき道なんだとか考えて、確かにその部分だけを見たら間違っちゃいないんだ。そいつが他の組員や世間のやつらには悪いことをしたとしても、自分の組の連中にはいいことになるじゃねえか。こんなふうにそいつと他のやつらとの正義がまったく違うなら、あんたの正義はいったいどこにあるのかなって」

佐光は利翔に横顔を見せたまま黙っている。自分はなにか失言をしたのだろうか？

「オレ、なんかおかしなことを言っちまったか？」

「ああいや、そうじゃない」

佐光は軽く首を振ると、利翔のほうに向き直った。

「きみはときどき私を驚かせてくれるね。そういうところはすごく……」

言いさして、佐光は双眸《そうぼう》の光を強める。深みを増したダークブラウンの眸に真っ向から見据えられると、そこからなにか熱いものが伝わってくるようだ。

その熱感は利翔を捉え、思いがけない強さで自分の心を縛る。

声も出ずに、相手を見たまま利翔はコクンと喉を鳴らした。

（なんでオレ、こんなどきどきしてるんだ……？）

それに佐光から目が離せない。いつもみたいに憎まれ口も叩けないのだ。せめて彼から顔を逸らしてしまいたいのにそれすらできなくなっている。

自分の気持ちと身体とがまるでばらばらになったみたいだ。

利翔が自身に戸惑いながら、それでも男の視線に射すくめられたままでいると、彼がふっと表情をやわらげた。

「コーヒーを淹れてくる。そのあいだに私の考えをまとめるよ」

そうして佐光がキッチンに姿を消すと、利翔はハアッとため息を吐き出した。

（なんかすっげえオレ変だ）

明らかに佐光を意識し過ぎている。彼という存在に魅入られて、身動きできなくなるなんて……それはいったいどういうことだ？

しっかりしろと利翔は両手で自分の頬をひとつはたき、佐光が戻ってくるのを待った。

「お待たせ……ん、頬が赤い？」

コーヒーカップを両手に持った佐光に顔を近づけられて、利翔はあせってのけぞった。

「な、なんでもねえっ。それよかさっきの続きを話せよ！」

佐光はカップを手渡すと、ふたたび隣の席に座った。それから自分のコーヒーをひと口飲んで、

「さきほどきみが言ったのは、個々の持つ絶対的な正義とはじつは相対的なものであって、立ち位置が変わることでまったく逆の価値観が生じる。そのようなことだったね？」

利翔は少し考えて、曖昧《あいまい》にうなずいた。

「あーまあなんつうか、そんな感じ？　難しい言い回しとかよくわかんねえけど」

「絶対的な悪人も、絶対的な善人も、この世界にはないものだと仮定すると、すべてがグレーゾーンになる――おおむね正しい、だいたい間違っている。あるひとから見れば正しい。別のひとからすれば正しくないこともある――厳密にはこうしたものかもしれないが、皆は

だいたい自分なりに善悪の尺度を持つ。それはなぜかきみにわかるか？」

「えと……いちいちそこで迷っちまうとやりにくいから？」

　正解だというふうに佐光が微笑む。

「善悪の尺度というのは、じつはその個体が生まれた社会のあらましに起因する。ひとは赤ん坊時代を脱すると、あれは駄目、これはいいと教えられて育っていく。そこに自分の体験上、うまくいった、失敗したの経験則も加味されて、自己における善悪の判断が確立していく。だが、それはあくまでも自分とその社会にしか通用しない価値基準だ」

　こんなにも熱っぽく自説を述べる佐光を見るのは初めてだった。面食らい、それでも彼に惹きこまれている自分を感じ、利翔はなんとかおのれ自身を取り戻そうと乱暴な調子を作る。

「あんなあ、おっさん。そーゆー小難しいしゃべりかたはやめろってば。オレにもわかるように話せ」

「ああ失礼。ようするに、自分の周りの決まりごとが善い悪いを固めていくということだよ。そうすることで社会が円滑に動くように。そしてそこには意図的に作られた善悪がある」

　押されっぱなしでいられるものかと強気に出たら、佐光が幾分気配を緩める。内心ほっとしながらもいまの話の意味を考え、利翔は反論を試みた。

「だけど、そんなんばっかでもねえだろう？　作られたってあんたは言うけど、もっとこう自然なやつもあるんじゃねえの？　ほら、ひとを殺しちゃいけないとかって」

「どうしてひとを殺してはいけないんだ？」

「だって……それ、あったりまえだし」

利翔が当惑して瞬きする。佐光は感情を窺わせない顔つきで問いを重ねた。

「あたりまえなら、どうしてひとはひとを殺す？　ときとして、迷いもなく大量に」

利翔はうーんとのけぞった。こんなに追及されるなんて思わなかった。佐光は自分を煙《けむ》に巻くつもりだろうか。だったらむかつくと姿勢を戻し、隙なく整った男の顔を睨み返した。

「ちょっと待てよ。どっからそんな話になった？　オレはハーバードも東大も出てないんだ。理屈っぽいこと訊《たず》ねられても答えらんねえ。オレはあんたの思う正義がどこにあるかって聞いただけだぞ」

反駁すると、佐光は「正義か……」とつぶやいたあと、ろくでもない返事を寄越した。

「じつはどこにあるのかがわからないんだ」

ごまかされたかと、利翔はむっとして眉間《みけん》を狭めた。これをまるきり嘘だとは感じないが、この返答は彼の真実の気持ちには届いていないような気がする。

「わからねえって答えがあるかよ。正義の味方はしたくないって言ったじゃねえか」

「あれは世間的に正しいと認知された案件は受けないという意味だ。ちなみにこの場合の世間とは、社会通念上という認識がまかり通る集団のことを指す」

「ますますイミフ。結局まともにしゃべる気がねえんだろ」

佐光がいま述べたのは、さきほどまでの熱っぽい調子とはほんの少し違っている。

どうやらこれは意図して向きをずらしたようだ。利翔はふんっと鼻を鳴らして、少しだけ残っていたコーヒーを飲み干すと、彼のカップに手を伸ばす。

「片づけるからあんたのも寄越しやがれ。……あーもー、まった靴下脱ぎっぱで」

すっかり話に惹きつけられて夢中になっていたけれど、つまりは言葉遊びの類《たぐい》か？

だとしたら、こちらだけがいつまでも熱くなるのは馬鹿らしい。自分も頭を冷やそうと、文句を言いつつふたつのカップを重ねて持って、靴下を拾おうとしたときだった。

「すまなかった。もう少し呑みこみやすく話をするから、もう一度そこに座ってくれないか？」

利翔は靴下を拾うのを中断し、空のコップをテーブルに置き、さきほどと同じ場所に腰を落とした。

「座ったけど！　なんか言いたいことがあるなら、さっさとしゃべれよ。そうでないと、オレはこのまま寝るからな」

利翔は腕組みして両目を閉ざすと、ソファの背もたれに寄りかかった。

「今度はもう少し具体的なことを言う」

こちらとしても今度こそ彼の言葉で無闇に動揺したくない。利翔は目を閉じたまま「へーへー」とぞんざいに返事した。

「二年前、私は当時勤めていた警察庁の外事情報技術室に戻ろうと、部下を連れて公園の前を通った。そのとき少年たちが飛び出してきて、あやうくぶつかりそうになったんだ。立ち止まった私はなんとなく公園の内部を眺め、そこにひと組の男女と、死んだ猫がいるのに気づいた」

最初はなんの思い出話かと思っていた利翔だが、終わりの部分の情景にはおぼえがあった。

「……その男女って、もしかして？」

ハッと利翔が目を見ひらいて自分の胸を指差すと、佐光は肯定の仕草で応じた。

「ふたりのうち女性のほうが――殺すなんてひどいわね、あの猫が可哀相よ――と同情たっぷりにつぶやくと、その横の少年が肩をすくめて――死んだのはこいつが弱かったからだ――と言った。私はそれきり少年が立ち去るものだと思っていたら、彼は地面に転がっている猫を拾いあげたんだ。すると彼女は悲鳴をあげて……」

「やめなさいよ。それ死んでるのよ、気持ち悪いと言いやがった」

思い出したと、利翔が低くつぶやいた。佐光はそれへのコメントは省略し、

「そのあときみはこう言った――死骸《しがい》なんかめずらしくもないだろが。おまえだって、毎日死んだモノ食ってるくせに――それから花壇に自分の手で穴を掘って、そこに猫を埋めようとした。汚れも厭《いと》わずに地面を掘る細い指と、張り詰めた横顔はいまでもはっきりおぼえているよ。私はあのあと何度となく自分に問いかけてみたからね。あの少年はなんのためにそうしたのか。安易な同情を口にせず、みずからの手を汚して猫を埋めたのはどうしてなのか？」

ほんのわずかにひそめた眉が、その深いまなざしが、彼の想いの真剣さを物語る。なにかを利翔に伝えたいというような、それでいて言葉にはしづらいと告げるような苦しげな彼の顔つき。利翔には記憶さえおぼろげになっていたその出来事は、佐光にとっては大きな意味をもつものらしい。

「オレは……そんなんぜんぜんわかんねえ。ただなんとなくそうしただけだ」

その邂逅《かいこう》があったから、佐光は自分に声をかけてきたのだろうか？

（あんたはなんでそのことをおぼえてる？　そんときになにを思った？）

佐光の想いに触れたくて、けれども容易に踏みこめない。波立つ気持ちをかかえながら男の顔を窺ったままでいたら、彼はちいさく肩をすくめてふたりのあいだに言葉を投じる。

「私にもなぜきみがそうしたのかわからなかった。無理に理屈をつけることはできたのかもしれないが、私はそれをしたくなかった。その翌日に起こったこともいまだにどう判断をつけていいのか決めかねている」

「その翌日って……？」

佐光は姿勢を変え、利翔から視線を外すと、正面を見て口をひらいた。

「きみを公園で見かけたときに随行させていた部下が死んだ。通り魔にナイフで刺されて殺されたんだ。私はそのとき霞が関の庁内にいた。そして部下は西新宿の都庁から帰ってくる途中で凶行に見舞われた。腕と胸部、それに喉を切られて、ほぼ即死状態だったらしい」

利翔は声が出なかった。大きな目をいっぱいに見ひらいて佐光の横顔を見るばかりだ。

「犯人はその場で取り押さえられたが、それからしばらくして不起訴となり、罪に問われることはなかった」

「なんでだよ。そいつ、あんたの部下を殺したんだろ?」

問う声がおぼえず震えた。一緒に暮らしてみてわかったが、佐光は冷淡な人間ではない。どころか、情には篤《あつ》い男だ。そうでなければ、利翔のような得体のしれない子供を拾って、損得抜きに面倒をみることなどしないだろう。

そんな男が、共に働いてきた部下を不慮の災難で亡くしてしまう。しかも、その罪が永遠に裁かれることはないのだ。想像するだけで、利翔ですらも激しい憤りを感じるのに、佐光が無念なはずはない。

まるで自分のことのように心を揺らす利翔の前で、佐光は表情を崩さずに話を続ける。

「凶行時、犯人は心神喪失の状態だったと診断された。それで、結果的にこの件では責任無能力者と判定されて、法廷ではなく医療施設に送られたんだ」

「でも、んなのって……」

ひでえじゃねえかと言いかけて、利翔は言葉を呑みこんだ。

世界は時として理不尽で残酷だ。

だが、それはすでによく知っていた事柄ではなかったか?

利翔が黙ったままでいると、佐光がようやく端整な横顔をこちらに向けて、きみの想いはわかっているよというふうにうなずいた。

「私はその部下を好きでも嫌いでもなかったが、彼が平生からモチベーションの高い部下で、家庭にあっては頼もしい夫、やさしい父であることを知っていた。その部下を殺した男は取り調べの間中、自分の正しさをくり返し大声で主張し続けていたそうだよ」

「あんたが……警察庁を辞めた原因はそれなのか？」

非情な現実を噛み締めながら、呻くように利翔が洩《も》らした。

この男の心の内を想像すると、どうしようもなく胸が痛む。

「そうかもしれない。ただ、私は別に厭世《えんせい》的な気分になって辞職を決めた訳じゃない。少しばかり立ちどまって考えてみる、時間が欲しいと思っただけだ」

「考えるって？」

「正しいとはなんなのか。あの猫は、私の部下は、弱いから殺されたのか？」

利那、利翔の呼吸が止まった。

それは利翔が二年前に公園で言った台詞だ。

だとしたら、佐光のなかにも自分が感じていたような苛つきがあったのだろうか？

正確には苛つきというよりも、理不尽で残酷なこの世界に対しての怒りにも似た感情が。

「きみのなかにある折れたくない芯というのが、私の場合はそれだった。わからないものをわからないまま引きずって、考え続けていたかった」

「そのために、エリート官僚だかなんだかの地位を捨てて？　その立場にいてできることがあったとか思わねえで？」

これは批難ではなく、純粋な疑問だった。佐光にもその気持ちが伝わったのか、淡々とうなずいて利翔の問いに答えてくれる。

「そう、私の立場にいてできることは幾らでもある。法治国家日本のために、ひいては亡くなった部下のために身を尽くして働くことは尊いことだと私は思うよ。実際最初はそうしようかと思ったが……でも無理だった。私はあのときのきみの姿を見たことも、理不尽な部下の死も、自分のなかで昇華したくなかったんだ。それらを乗り越えて善いものにしたくなかった。だから、前向きに進まずに立ち止まっていることにした」

ほとんどは部下の死がきっかけだろうが、佐光は利翔を見たこともおのれの生き方を変える原因になったと言う。

そう思えば、重たいものが自分の肩にかかるような気もするし、同時にぞくぞくするような感覚もおぼえていた。

「あんた……ひとから阿呆だと言われたことねえ？」

利翔はあえて自分の気持ちと裏腹な台詞を吐いた。軽い調子で揶揄しなければ、気持ちが揺れてしかたがない。

「ああ言われたね。辞職だなんてそういう責任の取り方は間違っている。彼は決してそんなことを望んでいないと叱《しか》られた」

彼の気持ちを聞いた訳でもないのにね、と佐光は苦笑してみせる。

「特に上司には何度も何度も呼び出され、しつこく慰留されたけれど、それは私がどうこうというよりも彼の保身に関することだ。だから私が——そんなのは知ったことか。てめえはてめえでケツを拭け——と言ってやったら、さすがに唖然《あぜん》としていたな。それでまあ無事に退職できた訳だ」

この男は涼しい顔でとんでもないことを明かした。佐光の上司なら、警察庁のかなり偉い人間ではないだろうか？

「これまで私は他人から寄せられる期待どおりに生きてきた。求められればそれ以上に返そうとした。しかしそれは私にとって、楽な選択だったんだ。他人が正しいと思ってくれれば、その先を迷わずに行けるからね。だけどもう、そういうのはやめたんだ。リスクがあっても、迷っても、私は自分のやりたいようにすることにした」

確かに佐光はやりたいようにやっている。

警察庁の偉いさんに啖呵を切ってそこを辞め、ＳＳＣの外部スタッフに登録し、そこの幹部にまあいいかとアドバイスをし、利翔を道端から拾ってきて住まわせている。

その心の内側に深い怒りの燻ぶりをかかえたままで。

リスクがあっても、迷っても、折れない芯を背中に通して。

「……オレが同室になったやつ、あんたのことを物好きとも言ってたぜ」

「それには私も賛成するよ」

穏やかに同意する佐光のなかにはなにが収まっているのだろうか？

上品な紳士の皮をかなぐり捨てたこの男の内側には、きっと勁《つよ》く激しいものが渦巻いている。それに直接触れてみたいと思う利翔はおかしくなっているのだろうか？

（だけど、オレがちょっとばかりおかしくなっててもしゃあねんだ。だってオレはこいつのなかに二年間も……）

佐光はさきほど二年も前に利翔が洩らしたつぶやきを再現させた。つまり、利翔はこの男の心の底に住み続けていた訳だ。

佐光の大切なものとして彼の内部に住んでいた自分自身に嫉妬《しっと》をおぼえる。それは愚かしい感情に違いないが、だからといってそれを容易《たやす》く消すことはできなかった。

「あんた、なんでオレにそんなこと打ち明けたんだ？　あんたの思う正義について訊ねたとき、最初に小難しい話をしたのはそこまでしゃべりたくなかったからだろ？」

胸の奥にちりちりと焦げつくものを感じながら問いかけると、佐光は少し驚いた顔をした。

「きみは鋭いね。……だけど、私はそれに対する答えがないんだ。はぐらかすつもりじゃないが、たぶんいまはなにを言っても自分の気持ちに当てはまりはしないだろうし」

ただ、と佐光は言葉を続ける。

「今夜、きみが玄関先で息も絶え絶えにしゃがみこんでいるのを見たから、そんな気を起こしたのかもしれないね」

「オレを……？」

「ああ。きみを」

その言葉が沁みこんでいくにつれ、さきほどまでの胸苦しさが薄れていく。

（だったら……昔のオレだけじゃなく、いまのオレもこの男のなかにいるんだ。こいつの気持ちを動かすほどの確かさで）

このとき利翔はどんな顔をしていたのか。こちらを直視しつづけていた彼の視線がふっと逸れる。それからおもむろに腕時計に目を落とし、

「いつのまにかこんな時間だ。きみはもう休みなさい。今晩は疲れたろう？」

利翔は無言でソファから腰をあげ、もう一度佐光にぴったり寄り添う位置に座り直した。

「きみ……？」

「オレじゃねえ。あんたがそうして欲しがったんだ」

そっぽを向いて言いきると、つかの間の静寂ののち、ほんのわずかに男の重みがこちらにかかる。

「……きみはいい子だね」

随分経ったかと思うころ、佐光が低くつぶやいた。あえて利翔はフンと鼻息を吹き出してやる。

「どこがいい子だよ、クソッタレ。オレはあんたが行かせた講習もやり通せずに、実地研修の相方にチン蹴りかまして逃げるようなやつだけど？」

わざと乱暴に言ってやったら、佐光はそれを否定せず「なるほどそうか」とうなずいている。

「だけど講習そのものは楽しかった？」

「まあまあな」

「だったら、もう一度行けばいい」

え、と利翔は目を瞠った。

「けど、そんなこと……」

「できるさ、もちろん。初心者講習はＳＳＣが認めれば何度でも受けられる。私が今日、あちらまで出向いたついでに、再受講の手続きをしておいた。きみが望めば明日からでもやり直せる」

利翔は唇をへの字に曲げた。講習をもう一度受けられるのはありがたいが、なんだか佐光の手のひらの上にいるようで面白くない。

「また同室の男を殴って逃げ出すかもしんねえぞ」

「そうしたら、もう一度改めて講習に行けばいい」

「ただし、あんたに事情を報告したうえで？」

「そのようにしてくれると助かるね」

佐光の調子がいつもと同じに戻っている。少なくとも表面上はそうだった。だから、利翔もしょうがねえなと突っ張った口調で返す。

「そんときは圧倒的な勝ちだったたって報告できるよう頑張るさ」

「それでいい」

そのあとはふたりとも口をつぐんで長いあいだ寄り添ったままでいた。

佐光は利翔に休みなさいとは言わなかったし、利翔も腰をあげる気がしなかった。

触れ合う腕から伝わるぬくもり。深く静かな男の呼吸。それは、彼がいまここで生きている証《あかし》だった。

そう、彼は確かにここにいる。多くのものを身の内に深く沈めて、佐光はいまこのときに利翔の隣に在ることを望んでいる。

まるで世界にふたりだけになったみたいに、佐光の時間をすべて利翔に預けたままで。

(なんか……すっげえ贅沢《ぜいたく》な気分だな)

自分より遥《はる》かな高みにいるのだと感じ続けたこの男が、こうして真横に座っている。

彼の髪が利翔の黒髪と触れ合うくらい近くにある。錯覚だろうが、まるで自分を頼りにしてくれているかのように、身体を傾け、自らの重みをこちらにかけている。

（このままずっと……こうしていてえな……）

時が止まればいいのにと願いながら、利翔は全身で彼の存在を噛み締めていた。

◇

◇

翌日、利翔は佐光が持って帰っていた日用品の入れ替えを簡単に済ませると——施設には洗濯室が設けてあるので、衣類の入れ替えは不要だった——またも講習を受けるべく家を出た。

やり直しは一からで、講習室での座学も受け直すことになったが、利翔にとってはむしろそのほうがありがたい。前回使ったテキストへの書きこみや、ノートがそのまま使えるので今度はじっくり講義の内容を頭に入れる余裕ができた。それに、今回同室になった男は別の警備会社からの転職者で、温厚な性格だった。部屋に戻って利翔が復習していると「わからないことがあったらなんでも聞いてくれればいいよ」と告げてきたし、食事も同じテーブルに座ってくる。

恩田《おんだ》と言うその男はＳＳＣジャパンへの転職を幸運と思っていて、夕食を摂りながらこの会社のあらましをうれしそうに語ってきた。

「この会社は日本での知名度はいまいちだけど、全世界規模から言ったら相当に有名なんだよ。現在は関東方面でしか業務を請け負っていないけれど、いずれ全国展開になると思うな」

母体がそもそも大きいから、資金面は潤沢だしと恩田は言う。

「そういや、全米ではメジャーとかってことだったっけ。んでも、なかなかこっちに支部を置く許可が下りなかったって」

佐光との会話の一部をよみがえらせて応じると、そうそうと恩田がうなずく。

「SSCが日本での諜報網《ちょうほうもう》を構築しようと図っているとか、ステルスアーミー発足の取っかかりにしようとしているんじゃないかとか、随分疑われていたらしいから。膨大な申請書と、粘り強い交渉の結果、極東支部の開設にこぎつけたってことのようだ」

確かSSCは民間軍事会社の側面もあるんだと佐光が前に言ってたっけ、と利翔がおかずのアジフライを齧《かじ》りながら思い出す。

「んじゃ、なんてったかな、カウンターテロっての、そういうのもこっちでやんのか?」

恩田が味噌汁を啜《すす》ってから、それはないと返してきた。

「国内での武装は許されていないから。主な業種は、ビルや工場の警備とか、防犯グッズの販売とか、個人向けセキュリティシステムのサービスとかだよ」

「よく、よそん家《ち》の窓ガラスにシールとか貼ってるやつ?」

「そうそう。あとは……そうだな、プライベートガードとか」

「プライベート？」

「個人警護だよ。これは費用面で当人に全額負担がかかるから依頼数はいまいちだけど、よその警備会社より多いかも」

ふうんと洩らして、利翔はつけ合わせのマカロニサラダを口に運んだ。

（佐光も誰かの警護とか、したことがあんのかな？）

元エリート官僚に守られるのって、どんな気分なんだろう？

そう考えて、自分が佐光に助けられていたことを思い出した。

確かあの折には足を痛めてしまった利翔が、軽々と佐光に抱きあげられたのだ。いまになって思ってみれば、あれはいわゆるお姫様だっことというやつではないだろうか。

（あっ、あれはたんなる行きがかりだし！）

真っ赤になって目の前を手で払い、浮かんだ追想を掻き消すと、利翔は急いで思考をずらした。

（そういやあいつ、あんときに、ヒモ男とその連れをあっさり撃退していたっけ）

随分場慣れしていたようだが、あれはどこでおぼえたのか？

思いついたら気になって、利翔は少し躊躇ってから恩田に聞いてみることにした。

「なあ、ここの講習って、初心者用があるんなら、もっと上のやつとかもあるんだろ？　喧嘩に負けねえ方法の講義ってあんのかな?」

「それはもちろん体術とかはあるだろうけど……小塚くんは喧嘩必勝法が知りたいのかい?」

「んじゃなくて、佐光のことで」

「佐光?」

つい口を滑らせてしまったと、利翔は悔やんで唇を噛む。頭のなかに彼のことがあったせいで、期せずして名前がこぼれ出てしまったのだ。

しかし恩田の顔つきからしてみると、佐光のことはまったく知らないようだった。

「あっいやいいんだ、いまのはなしで」

元警察関係者でもなく、SSCに入ったばかりの恩田が佐光の名を知らなくても当然だ。

ほっとしながら横に手を振ったとき、恩田が視線を斜めにあげた。

「小塚くん、ちょうどいい。わからないことがあったら、先生に聞くといいよ」

テーブルの前に来たのはこの講習を受け持つひとりで、河東《かわとう》というスキンヘッドの大男だ。

夕食のトレイを置いて、利翔の正面に座った男が「なんだ?」とこちらに目を向ける。

「えっと、その。体術っての? ここではそういう講習もあんのかなって」

言ったら、河東はじろりと利翔を睨んできた。

かつて通っていた中学校ではこういうとき、言葉遣いや態度を叱責《しっせき》されたものだ。ここもそうかと利翔が身を硬くしたら、迫力いっぱいの大男がにやりと笑う。

「おお、あるぞ。そいつの資質に向いたやつが色々とな。小塚も、恩田も、必要あればそのうち習う」

そう告げて、丼飯を掻きこみはじめた河東は途中で箸《はし》を休めると、いったん宙に視線を投げた。それからなにかに気づいたふうに利翔のほうを見直して、

「二年前にここへ来た講習生は、座学の必要はいっさいなかった。というよりも、こっちが教えられる立場だ。だが、ひとつだけ彼が熱心におぼえて帰ったものがある」

それが知りたいかと視線で問われてうなずいた。誰のことを匂わせたのか、すでに利翔は理解している。

思えば、この講習の再手続きを行ったのは佐光なのだ。当然、利翔と佐光との関わりも聞かされているのだろう。

「近接格闘術だ。言っとくが、スポーツのやつとは違う、敵の殺傷を目的としたものだからな。格闘術には、イスラエル、ロシア、アメリカ、北朝鮮と、いろんな国のさまざまな流派があるが、そのひとがおぼえたのは確かフェアバーンシステムだったな」

「フェアバーンって？」

「ウィリアム・E・フェアバーン。第二次世界大戦中に自分の編み出した格闘術を連合国に指導した人物だ。術としては、護身が主なディフェンドゥーと、殺傷目的のサイレント・キリング。そのひとは、どっちも随分な巧者だった」

だから、と講師はひとの悪い笑みを浮かべた。

「やんちゃもご愛嬌《あいきょう》だがな、家ではあまりそのひとを怒らせないほうがいいぞ」

◇　◇

そんなひと幕があったのちも、利翔が受けている講義は順調に進んでいき、いよいよ実地研修の日となった。

「恩田サンは個人警護ってしたことあんのか？」

「いや。僕は警護そのものが初めての経験だよ」

恩田は以前の職場では企業向け防犯システムの担当で、たいていは休日出勤の会社員がうかつなことをして引っかかったのを解除するくらいだと利翔に明かした。

「そういうのを電話確認したあとで、書類を届けに行く程度。それとか工場の場合だと、野良犬がセンサーに引っかかっていたりとかね。そのあたり、日本は平和だとつくづく思うよ」

銀行や保険会社の現金輸送も、ものものしい態勢を取るけれど、途中で襲われる事態などまずないと言う。

「さてと。それじゃそろそろ事前確認をしておこうか？」

実地研修では利翔と恩田が組んで、実際に警護の業務に就くことになっていた。

この二週間滞在していた部屋のなかで、恩田が講習の規定どおりブリーフィングをはじめていく。

「まずは、警護する対象者の氏名」

「周美恵《シウメイラン》」

恩田の台詞に利翔が応じた。このあたりはすでに頭に入っている。

「依頼主」

「周敦凱《シウドゥンカイ》」

「目的」

「東京駅から箱根までの往復の旅程及び宿泊施設における対象者の警護」

その他に、宿泊先や日時などの確認事項をふたりは交互に述べ合った。

このたびの依頼主は台湾人で、都内で貿易商を営んでいる。対象者の容姿が事前にわかっていれば、それも確認するのだが、こちらについては依頼時にデータを渡されていなかった。

新宿駅までは依頼主が送り迎えの手配をするので、むしろＳＳＣ側スタッフの人相風体を寄越せと言われているらしい。

「僕たちがもう少し慣れていれば、対象者のプロフィールを調べていくこともできるんだけどね」

しかし、それを行うためにはSSCのデータベースにアクセスする必要がある。一介の講習生ではそのような資格はないし、独自で調べるための時間も、伝手《つて》も持っていない。

「ぶっつけ本番でやるしかねえな」

「まあそうなるね」

それじゃあよろしくと告げる恩田は地味なスーツを身に着けている。利翔も似たような格好で、ふたりして施設を出、新宿駅に向かっていった。

「でもなあ、恩田サン。なんでわざわざオレたちを雇うんだろな。駅まで送るほど人手があんなら、そいつら連れてきゃいいじゃねえか？」

「送り手はおそらく会社の人間だろうし、公私混同は最低限にしておくつもりじゃないだろうか」

憶測だけどね、と恩田が言った。そんなものかと利翔は思い、

「どっちにしても行きゃあわかるな」

ふたりが新宿駅に着いたのは約束時間の三十分前。待ち合わせをする場所の周辺確認と、そのあとの動線を考えてトラブルがないようにするためだ。

「周辺に気がかりな人物等を感じたかい？」

「いや、別にねえみたいだ」

今回の依頼については警護というより旅のお供の意味合いが強かった。

現時点でことさらなにかの脅威がある訳ではない。対象者から目を離さず、機嫌も損ねず、温泉旅行と買い物につき合えばいい。対象者が旅先で出会った人物と、出向いたルートは、のちほど詳細な報告書にして提出。それが依頼主の要求だった。

ＳＳＣが課してきたこの業務の難易度が高くないのは、利翔たちが初心者なのを踏まえてのことだろう。

（けど、これって対象者の監視っぽいよな）

利翔は内心そう思う。対象者は依頼主の妻のようだが、浮気でも心配しているのだろうか？　それもないことではないなと考え、そのためにオレたちふたりが間抜けくさい役割をするんだとも思ったが、これは業務と割りきった。

「来たよ」

緊張した恩田の声。初めて行う実地の業務に硬くなるのは利翔もで、明らかにこちらを目指して歩いてくる三人連れを直立不動で見守った。

彼らの先頭はローズブラウンに染めた髪をお洒落に結いあげた若い女で、彼女はブランド物だろうスプリングコートを羽織っていた。完全無欠にメイクアップされた顔には『お高い美人』のラベルがでかでかと貼ってあり、並みの男なら近づくこともできないような雰囲気だ。

彼女はジミーチュウだかなんだかのハイヒールの靴を履き、利翔を黙って見下ろしてきた。

目が合ったのはほんの一瞬。だが、その暇に利翔は彼女からの強い意思を感じ取った。

（なにも言うな、顔にも出すな、か……そりゃまあそうだ）

二年前に殺された猫を見たとき、利翔がその公園で一緒にいたのがこの女だったのだ。

当時彼女は新宿のショーパブで働いていて、そこの裏方をしていた利翔と何回か寝たことがある。その後まもなく、彼女はどこかにスカウトされて辞めていき、利翔も客とのごたごたで馘《くび》になり、以後は互いに生きているかどうなのかも不明なままに過ごしていた。

（まさか対象者がこいつだとはな）

当時の彼女は違うふうに名乗っていたが、美恵《みえ》というのが本名ならば、それをそのまま台湾風に呼び換えるとメイランになる。すると、彼女は首尾よく台湾人の会社社長と結婚し、その妻の座に収まっていたのだろうか？

「それではよろしくお願いします」

彼女を送ってきた男のひとりが会釈する。利翔は荷物を受け取りながら、さりげなく男の様子に目を配った。

（なあんか、きな臭え）

日本語はネイティブの発音だし、着ているスーツはごく普通のデザインだ。こちらで採用した日本人社員でも違和感はないのだが、利翔はたぶんそうではないと考えた。

男の態度は少しばかり隙がなさ過ぎ、かつ目つきが平凡な会社員とは異なっている。長いあいだ新宿を根城にしてきた利翔には、男の裏にある闇《くら》いものが透けて見えた。

「小塚くん」

恩田にうながされ、先を歩くメイラン——現状ではそう呼ぶほうが適切だろう——につき従って荷物を運ぶ。呆れたことに彼女はたった一泊二日の箱根旅行にふたつのトランクを持ってきていた。

（ち。オレたちを振り返りもしやがらねえ。感じ悪い高ビー女は相変わらずか）

つきあうというほどのものでもないがメイランと関わりがあったころ、彼女は我儘で、高飛車で、そのときどきでころころと気分が変わった。彼女は利翔を『可愛くないガキ』だと言って、あっさりお払い箱にしたが、そのときむしろせいせいした気分になったのをおぼえている。

（だとしても、これは想定外だよな）

依頼主の奥方を守るのが研修課題ということだが、社長の会社はどうやら堅気ではなさそうだし、その奥方は利翔と昔セックスした仲だった。それらすべてに目をつぶり、無難に業務をやりこなせばいいのだろうか？

それとも……。

（なんで、あいつのこと思い出すんだよ）

おぼえず湧きあがってきた佐光の姿を頭に浮かべ、利翔は唇をねじ曲げる。

小田急電鉄の改札口に向かいながら、上着の胸ポケットに入れてある携帯を意識してしまう自分が嫌だ。

（こんなん首輪代わりじゃねえか）

再講習に行く日の朝、携帯を利翔に渡してなにかあったら連絡しろと佐光は言った。

――きみは現在、ＳＳＣの外部スタッフとして仮登録されている。だが、それは初心者講習を受けるための便宜上の措置に過ぎない。あくまでも、きみを雇っているのは私だ。この講習を円滑に終わらせるのに必要だと感じたら、それで私に連絡を。

そのとき利翔は手渡された携帯を眺めながら、いかにも嫌そうに鼻に皺を寄せてみせた。

――困ったときには携帯であんたにお伺いを立てろってか？　そういうのって、カンニングとか言わねえのかよ。

――ＳＳＣは学校ではない。みんな平等のお題目は別のところで唱えればいい。使える手立てはすべて使うのがプロの基本だ。

――そんで、あんたに助けてって頼むのか？　あんた、ちょっとオレを甘やかし過ぎじゃねえ？

――甘やかしているのではないと思うね。これを持たせる私の意図が汲み取れるかい？　それとも説明が必要か？

利翔は少し考えてから、渋い顔で返事をした。

――つまりこれはＳＳＣの実地研修であると同時に、あんたの指示に従えのレッスンだな？

――わかってくれてうれしいよ。その携帯には私への連絡先が入っている。研修時に予期せぬことがあるようだったら、随時私に報告をするんだよ。

そのとき利翔はいい子で『はい』とは言わなかったが、携帯を突き返しもしなかった。

（あいつがボスなのはわかってんよ）

佐光がそれだけの器の男なのも理解している。

しかしこの件を一応は部外者である彼に明かすことは良しなのか？

小田急の改札口からホームへと向かいながら、利翔は佐光に報告をすまいと決めた。

学校ではないのだから、部外者うんぬんにこだわらず、彼の判断を仰ぐのもあるいは間違っていないのかもしれないが、飼い猫よろしく自分が獲ってきたブツを見せて、喉を鳴らすのは性に合わない。それに、これしきで佐光を頼る気持ちを見せれば、なんのために講習を受けたのかわからなくなる。きちんと業務をやりおおせ、佐光にはこの講習に行かせた甲斐があったのだと思わせてやりたかった。

メイランと、利翔、それに恩田の三人はロマンスカーのサルーン席にたどり着いた。

新宿駅から箱根湯本までの八十五分間、三人はこのサルーン席で過ごす訳だが、利翔と恩田にとって、しかしこの時間は結構な苦業にも等しかった。

メイランは席にいる間中、コーヒーを買ってこいだの、化粧直しをするからふたりともあっちへ行けだのと、好き放題に我儘を連発していたからだ。

けれども利翔は彼女のそんな態度に、むかつくよりもむしろ腹を据える気分になっていた。

(我儘女に振り回されて、佐光に泣きを入れるのなんざ嫌だかんな。ぜってえこの業務、やり遂げてみせっから)

利翔は冷静になろうと努め、彼女の暴言も、高飛車な態度もすべて淡々とやり過ごした。

ほとんど意地になっていたのかもしれないが、その試みはそれなりに功を奏し、精神的な負荷はともかく電車を降りてハイヤーで宿に着くまで特に目立ったトラブルは起きなかった。

「周様ですね、お待ちしておりました」

黒服のホテルマンが出迎えた箱根の宿は和洋折衷というのだろうか、洋風な木造建築に堂堂とした瓦屋根が乗ったレトロな感じの造りだった。当時はモダンだったのだろうこの建物は、趣向を凝らした内装も和と洋が入り交じり、ここにいると百年くらい時代を逆行したような気分になる。

メイランが滞在する予定の部屋は、本館を出て、見事な庭園を歩いた先にあるようで、ここもまた和洋の交じるクラシックな建物だった。

「こちらは華御殿と申しまして、建物内部のいたるところに花の趣向がございますところから、このように呼ばれております。」

メイランを案内する係の男が言うとおり、内部は女が好きそうなやたらと凝った彫刻だの花のモチーフだので飾られている。

しかし、利翔にとってはここがどんなにゴージャスで麗しかろうと関係ないし、高級ホテルでの滞在を楽しむような身分でもない。それより目下の問題は「お連れさまのお部屋はこちらに」と通されたのが四階にあるシンプルなツインルームで、メイランのスイートが三階にあることだった。

「これはちょっと困ったね。この場所では対象者から遠過ぎる」

ホテルマンが立ち去ると、言葉どおりの顔つきで恩田が利翔と視線を合わせる。

ただのお伴であるならばこれでも充分なのだろうが、彼女を警護する立場としてはこのままではいられない。

思案ののち、ふたりはメイランの部屋を訪ねてみたのだが、敵はなかなか手強かった。

「なによ、あんたたち。用もないのに来ないでよ」

「ですが、お傍でお守りするのが僕たちの仕事ですから」

恩田の言い分に応じたのは、メイランの侮蔑交じりのまなざしだった。

「そんなの知ったこっちゃないわよ。鬱陶しいから引っこんでて」

ドアの前にモデル立ちしたメイランが小意地の悪い表情で言い放つ。

「ほんとマジでやんなっちゃうわね。冴《さ》えないうえに、気の利かないお伴でさ。パパが費用をケチったのが丸わかり」

いいからあっちに行っててとメイランが言う。恩田はなおも食い下がった。

「決してお邪魔はしませんから。ドアのすぐ内側にいるだけです」

いくら恩田が温厚な人柄でも、メイランの侮辱に平気な訳がない。仕事だからこそ、恩田は屈辱を耐えているのだ。これをただ見守ってやきもきしているよりも、なにか自分にもできることはないだろうか？

そんな利翔の想いを見抜きでもしたように、ふいにメイランが視線を転じた。

「あんたはお願いしますって頼まないの？　それだけ頭が低い位置にあるんならお辞儀も簡単なんでしょう？」

露骨な嘲《あざけ》りに利翔はカッと頭に血をのぼらせた。なにか言い返してやろうとして、寸前で思いとどまる。

メイランと舌戦をはじめたところで事態は少しもよくならない。彼女の前で利翔が頭を下げたのは、この女の挑発に負けたくない思いからだ。

「……お願いします」

こんな台詞が言えたのが自分でも不思議だった。下を向いたら握った拳と、手首の時計が目に映る。

佐光がいまの自分を見たら、どんなふうに評価するのか？

その考えが浮かぶやいなや、利翔はそれを追い払った。

(あいつに頭を撫でられたいからこんなことをしてんじゃねえ。また失敗かって思われんのが癪なだけだ)

お辞儀をしたまま、利翔が佐光の面影を消し去ろうとしていたら、上から声が降ってきた。

「いつまでやってんのよ、みっともない」

直後に、視線の先にある女の足がくるりと回る。

「入りたきゃ入ればいいでしょ。……ただし、チビだけ。地味顔は駄目だから」

利翔が横目で見てみると、恩田は随分へこんだ顔つきになっていた。

地味顔と言われたのがショックなのか、入室を断られたのが残念なのか。そのどちらかは不明だが、ともかく利翔は(後で報告するから)と目顔で告げる。

そして入った室内は窓が大きく、広々とした空間で、控えの間にある革張りの赤いソファがクラシックな雰囲気に彩りを添えている。その向こうは寝室かと見ていたら、彼女が癇《かん》性《しょう》を露わにした表情でヒールを床に打ちつけた。

「さあ言いなさい、これっていったいなんの茶番? いつからあんたはリーマンになったのよ。そんな似合わないスーツ着てさ。しかもあたしの見張り役とか、冗談じゃないって感じ」

「あいにく茶番でも、冗談でもねえ。あと、見張り役でもねえかんな。あんたを守るのがオレの業務だ」

ふたりきりになったうえはと、利翔が地を剝き出しにする。するとメイランは綺麗に描いた眉のあいだをひそめてから「バッカじゃないの」と罵った。

「あんたがあたしを守るって？　ふざけんのはその地味くさいスーツだけにしといてよね。あんた、頭がおかしくなったの？　それともあんたは利翔によく似たそっくりさん？　誰かを守るとかって台詞、あたしが知ってる利翔なら絶対に言うはずないし」

そう言えば、自分に頭を下げたのもあやしいと疑う目つきを向けてくる。

「あんたが本物の利翔なら、とっくにあたしを怒鳴りつけてどこかに行ってなきゃおかしいわよ。あいつがチビ呼ばわりされて、文句も言わずに引き下がった例《ためし》なんて一度もないもの」

「は。あいにくオレは本物だ。オレだって好きでやってんじゃねえんだよ。おまえみてえな我儘女、誰が守ってやりたいもんか。これが業務じゃなかったら、とっくに帰っているとこだかんな！」

さすがに腹に据えかねてきつい語調になったのに、意外にもメイランはヒステリーを起こさずに、利翔の上に視線を留《とど》める。

「……いま、帰るってあっさり口に出したわね。あんた、誰かと暮らしてんの？」

利翔は一瞬佐光の姿を想い浮かべた。

直後にメイランの指摘がそれと結びつき、自分がどこを起点にしているか悟らされる。

無意識レベルで語るに落ちて、利翔がじわじわ頬を赤くしていると、彼女が「フウン」とつぶやいた。

「……あんたやっぱり、ちょっとばかり変わったわね」

「オレが？」

「あのころのあんたって、懐かないクソガキでさ。すぐに引っ掻く瘦せっぽちの野良猫みたいだったじゃない？　なのにいまは……」

言葉を探しているように、メイランが宙を見る。それから利翔に改めて視線を向けた。

「ね。あんたが我慢してたのとかさ、あたしに頭を下げたのは、自分のためじゃないわよね？　それってあんたが一緒に住んでる誰かのために？」

言葉に出して利翔は答えなかったけれど、黙ったことがかえってメイランの言葉を裏書きしたらしい。彼女はこちらを見ていたあとに、呑みこみ顔でうなずいた。

「あんたがあたしと別れてから、もう二年が経ったものね。意外だったけど、そういうひとができたとしてもおかしくはないのかも。でも、まさかあんたがあたしのことを守るなんて口にするとは思わなかったわ。そんなふうにあんたが変化したのって……」

彼女がそこまで言ったとき、少し離れたところから電子音が鳴りはじめた。

「あ……っ」

とたん、メイランが大あわてで寝室に駆けこんで、バッグのなかのスマートフォンを取り出した。そうしてくるりと反転すると、今度はバスルームのドアを目指して走っていく。

彼女がそこに飛びこんで、バタンとドアが閉ざされてのち、利翔は怪訝な面持ちで首をひねった。

（なんだ、いったい？）

あの高慢ちきなメイランがあんなにも取り乱した様子になったのは初めて見た。理由を知ろうと利翔はあとを追いかけて、彼女が消えたドアの前に佇んだ。

（あんま、よく聞こえねえな）

それでも、アルミやスチールを使わないクラシックな造作は、そこそこ音を通してくれる。息を潜めて利翔が耳を澄ましていると、女の声がどうにか拾えた。

「……ねえ今度いつ会えるの？　あたしがどんなに……大丈夫、本当よ。絶対あなたに迷惑はかけないから……そうよ。誰にも言ってない……ええ、お金ならいつもの口座に……それより会いたいの。パパには見つからないようにする。五分だけでもかまわないから……あっ、待って。ごめんなさい。もう我儘は言わないから……」

この内容から察するに、メイランはどうやら浮気をしているらしい。しかも、意外なことに彼女のほうがべた惚れだ。

搔き口説く調子の会話が終わりそうになったところで、利翔はそっとドアから離れた。

（こいつは恩田に話すべきか？）

当然ながら答えはイエスだ。浮気がばれて困るのはメイランの自業自得で、利翔の知ったことではない。

昔何度かセックスしたのは彼女のほうが誘ったからで、小遣いをもらったことはそのときのサービスで返している。つまり彼女との貸し借りはチャラであり、彼女に情けをかけるほどの恩義はない。

だから利翔はバスルームから出てきた彼女が「あんたに頼みがあるのよ」と言ったとき、身構える気持ちになった。

「あたしのためにちょっとお使いをしてくれない？」

メイランの表情は真剣で、利翔はますます警戒する気分が募る。無言で相手を眺めていると、聞き返されもしないのに彼女は勝手に話を続けた。

「区役所通りの三峡《さんきょう》ビルに『トゥーランドット』って店があるの。そこの店長は紫《ゆかり》っていうんだけど、もしもあたしになにかあれば、そのひとから封筒をもらってくれる？」

「やだね」

即答で利翔は返した。依頼主の素性は堅気ではなさそうだし、メイランはどこかの男と浮気してかなりドツボにはまっている。そのうえに『あたしになにかあれば』の但し書きがついている頼みなど、到底聞けた話ではない。

「お金だったらちゃんとあげるわ。だから、必ずそうするって約束して」

「約束なんかオレはしねえ。そういうのはどっか別の男に頼みな」

「利翔……」

彼女は眸を潤ませるが、この女は嘘泣きがお手のものだと知っている。黙って視線を当てていれば、やおら演技を放り捨て口惜しそうに睨んできた。

「この嘘つき！　あたしを守るって言ったのは誰なのよ⁉」

「オレの守備範囲はこの旅行のあいだだけだ。その後のことは知るもんか」

「なによ、その言い草は。ちょっとは見直してやったのに！」

「おまえに見直してもらったってありがたくねえ」

きっぱり断言してやると、彼女は利翔を踏みつけたいと言わんばかりにピンヒールで床を叩いた。

「ハア？」

「いいわよ、もう。その代わり、あんたのケーバン教えなさいよ」

どこのなにから『その代わり』の台詞が出るのか。自己中なのは相変わらずだと呆れていれば、彼女は利翔を服の上からさわりはじめた。

「ちょ、やめろって！」

「いいから携帯出しなさい。でないと、セクハラされたってあの地味顔に言いつけてやるからね。してない証拠は出せないんだし、あたしがわめいたら困るのはあんたのほうよ」

どっちがセクハラだと利翔が唸《うな》ってみたものの、形勢不利なのは事実だった。しぶしぶ携帯を取り出すと、彼女は勝手に赤外線通信で自分のアドレスを登録する。

「これでいいわ。なにかあったら連絡するから」

「あんなあ、おまえバッカじゃねえの？　んなの、オレが電話に出なけりゃ済むことじゃんか」

「出てよ、お願い。いまのあんたなら頼めると思うのよ。そりゃこんなのは藁《わら》みたいなもんだけど、あたしはそれでも……」

利翔を藁扱いしておいて、自分勝手に言いやめると、彼女は唇を噛み締めた。それからいきなり踵をめぐらす。

「おい、どこに行く？」

「エステに行くのよ。二時間はここに戻ってこないから。ついてきたけりゃ、勝手にしなさい。たぶん入り口で追い返されるに決まってるけど！」

出口に歩み出しながらメイランは元の調子を取り戻し、居丈高に言い放った。

（ち。訳わかんねえ）

この時点で利翔に理解できるのはメイランが自己中で、高慢ちきで、他人を振り回す迷惑女ということだけだ。

廊下の端で待機していた恩田と合流してからも彼女は我儘放題な言動をし続けて、利翔はキレかけ、地味顔呼ばわりされている相方もげんなりした様子を隠すのに必死だった。

忍耐の限りを尽くし、エステと買い物三昧の旅行が終わって、なんとか翌日の時間どおりに新宿駅に着いたときには、正直利翔はほっとしたし、恩田も明らかに助かったという表情だった。

「それではこれで、失礼します」

「ああどうも。ご苦労さま」

メイランを迎えに来たスーツの男に彼女を渡し、引きあげようとしたときに利翔はふっと視線を感じた。無意識にそちらを向くと、縋《すが》るような表情が視野に入って驚いた。

メイランはこれまでに見たことのないまなざしで利翔を見つめ、次の瞬間顔を背けた。

（え……？）

利翔は茫然として、こちらに背を向け立ち去っていく彼女を眺める。

「小塚くん？　どうしたんだい、ＳＳＣの施設に帰るよ」

しばらくその場に突っ立っていたのだろう、訝しそうに恩田が声をかけてきた。

「え、うん」

彼女が消えた方向にもう一度目をやって、利翔は首を傾ける。

（あれはいったいなんだったんだ……？）

利翔にはさっぱり理由が摑めない。それでも頭の片隅には、切羽詰まった孤独な眸が残っていて、だからだろうか、施設に戻って恩田と書きあげた報告書にはメイランの浮気電話の件については提出されずじまいになった。

◇

◇

「ただいま」

初心者講習をすべて終え、佐光の部屋に帰っていくと、彼はリビングのソファに座ってなにかの書類を読んでいた。

二週間留守をしていて、室内は乱雑な状態になっている。佐光が返す挨拶を受けながら、利翔はさっそく片づけに取りかかった。

新聞、雑誌、衣類に食器。それらを元のあるべき場所に戻しつつ、利翔は横目で佐光の姿を窺った。彼は読みかけの書類を読んでしまおうと思っているのか、ソファの背もたれに寄りかかり、足を組んだ姿勢のまま手元に視線を落としている。

そして佐光がそんなふうにうつむき加減にしていると、いつもはきちんと整えているダークブラウンの前髪が額の上に乱れかかり、それを目にした利翔の胸を訳もなく騒がせる。

（いや、違うって。こんなのマジで意味ねーし）

たった半月ほど佐光に会っていないからって、どうしてこんなに気持ちが乱れてしまうのか？　男の姿を視界に求めてちらちらそちらを見やるのか？

意味のないことをしていると思っているのに、なぜか佐光から目が離せない。

「講習帰りで疲れたろう？　そこはもうかまわないから、シャワーを浴びてくるといい」

書類から目をあげずに佐光が言った。なんとなく拍子抜けした気分になって利翔はうなずく。

(別に歓迎されるとか思ってやしねえけど)

もうちょっとこう、実地研修はどうだったかと聞かれると思っていた。

結局、報告は一回もしなかったしと考えながら、利翔はリビングの隅へ行き、ボストンバッグから日用品を取り出した。

(あれ？　ここに置いてたダンボールは……？)

着替えなどのささやかな利翔の私物はダンボールのちいさな箱に収めていた。それが見当たらずにきょろきょろ周囲に視線をやると、ソファのところから声がした。

「きみの荷物は私の寝室の隣だよ」

手にした書類をめくりながら佐光が告げた。

あれが邪魔だから空き部屋に片づけたのかと、出した品をふたたびバッグに押しこむと利翔はそちらに向かっていった。

「え……!?」

なにもなかったその部屋には机とベッドが置かれている。私物入れのダンボールは机の上に載せられていて、持ち主の帰りを待つような格好になっていた。

（これって、まさか……）

自分のために佐光が調えてくれたのか？

ボストンバッグをラグの敷かれた床に置いてリビングに戻っていくと、佐光が読み終えた書類の束をテーブルに放り出し、指で目頭を押さえているのが視野に入った。

「あ、あの」

こちらにおいでというように、佐光が無言で自分の横をぽんぽん叩く。利翔はまださっきのことに気を取られていて、ほとんどなにも考えずに佐光の仕草に従った。

（え、わ。ちょ……っ）

こんなにもぴったりくっついて座るつもりはなかったのだ。これほど近いとふたりの脚が触れてしまうし、相手の呼吸や体温すらも感じ取れる。

（こりゃまずいって。座り直したほうがいいのか？　だけどあわてて距離を作るのも変じゃねえか？）

女みたいに佐光を意識していると思われたくない。膝を揃えうつむいて、困ったあげくにヤケクソめいた声を発した。

「あそこのあれ！　使っていいのか？」

「ああ、あれね。かまわないよ。そのために入れたんだから」

利翔の言うのが机とベッドのことだろうと、察しをつけて佐光がうなずく。

「ほんとにいいのか？　一度使うと返品なんかできないぞ」

「いいよ、返品する予定はないから。それより講習はどうだった？」

「楽勝」

ようやく聞いたなと、ほっとして利翔は応じた。

「講習はばっちりだ。あんたに泣きつく出来事なんかなんもなかった。座学も二度目だと前より頭に入りやすいし、同室になったやつも……」

少しばかり得意な気分で述べていたら、佐光がストップというふうにあげた手のひらをこちらに向けた。

そうしてシャツの胸ポケットから出してきたスマートフォンの画面を眺め「すまないね」と利翔に断り通話をはじめる。

「ああいいよ。大丈夫……いや、その件なら再調整の依頼をかけて……早いね、もう確定したのか？　ありがとう、随分頑張ってくれたようだね」

相手の声は聞こえないが、なんとなく女じゃないかと利翔は思う。声音がいちだんとソフトだし、表情もいつもより柔らかい。

（こいつ、女とこんなふうにしゃべるのか）

尻をずらして佐光から離れると、利翔はソファの端っこで膝をかかえる姿勢になった。

たぶんこれが仕事の話だろうというのはわかっている。佐光が女とどんなふうにしゃべろうが、利翔には関係ない。

別にどうでもいいことなのに……自分が留守にしていたあいだ、佐光がなにをしていたのか気になった。

（まあオレが留守でもなんでも、佐光のすることに変わりなんてねえだろうけど。だけどそうだな……オレがいなきゃこの部屋に女を連れこんでもいい訳だしな……そういや、こいつに彼女とかいんのかな？　佐光はぜってえすげえ女にモテてんだろうし、どんな相手でも選べるこいつが好きなタイプってどんなだろ？）

美人でも、押せ押せで気の強いタイプが好きとは思えない。おそらくは、一見おとなしいけれど、実は意外と芯の強いお嬢様タイプじゃないか？　身内や親戚にも堂々と紹介できる、自慢の彼女になりそうな……。

その先を考えるのが嫌になって、利翔はさらに丸まると両膝に顎を乗せた。

（オレなんか女とセックス、イコール貸し作るサービスだっつの）

彼女も彼氏もありはしない。気まぐれに拾ったペットか、気晴らしの遊び相手、おおかたはそんなものだ。

利翔にしてもその程度の関係で充分だと思っていたのに、いまさら佐光と引きくらべ、嘆息するような気分になる。

自分は本当に彼と暮らしておかしくなってしまったらしい。

「話を中断して悪かったね」

先方との通話を終えて、佐光が身体をめぐらせる。

「どうぞ続けてくれないか」

そう言われても、いまさら嬉々として話を開始する気になれない。黙っていたらもう一度うながされ、すると利翔の口が勝手なことをつぶやきはじめる。

「……あんたはそのうち失敗したと思うんだろな」

「失敗とは？」

「あんな処分に困るようなもん買って。もしも彼女がここに来たら言い訳がしにくいだろが」

愚痴めいた口吻《こうふん》はたちまち利翔の自己嫌悪を呼び起こす。彼女の有無を窺う自分が嫌なのに、佐光の否定を待ち受ける自分がいるのだ。

「残念ながらその心配はないみたいだ。私に彼女はいないからね」

「……フウン。ま、あんたがどうでもオレには関係ないけどな」

醒めたふうな声音とは裏腹に利翔はひそかにほっとするが、直後に苦々しい気分をも味わった。

（こいつに彼女がいないと知って、オレは安心してんのか？　なんの権利もないくせに、オ

レはなにを考えてんだよ）

思うと、なんだか息がしづらくなってきて、着慣れぬスーツを脱ぎたくなった。ネクタイだけはさっきの部屋で外したけれど、そろそろ着替えてシャワーを浴びたい。

これで話は終わりのつもりで腰をあげ、上着を脱いで浴室に向かおうとしたときだった。

「待ちなさい」

声の硬さにハッとして足を留める。振り向いて眺めた佐光は怒っているようではないけれど、さっき女と電話をしていたときのように柔らかな雰囲気は感じられない。

「なんだよ、いったい」

佐光の様子が変わったことで、さっきまでのもやもやした気分は消えたが、代わって利翔の心の内は戸惑いが占めている。彼の変化に心当たりがない分だけ、どうしていいかわからなかった。

「オレ、いまから風呂に行くんだけど？　シャワーを浴びろと言ったのはあんただろ？」

「講習の内容を続けて話してくれないかとも、私は言ったよ」

「内容って……そりゃもうとっくに話したろ。楽勝で済んだって」

「それだけでは不充分だ。ＳＳＣだけにではなく、私にもその件の報告を」

剣呑な彼の調子に押されまいと突っ張って、利翔は鼻に皺を寄せた。

「は。なんだそりゃ。あんたに報告をし終えるまでが講習ってか？」

「小塚くん」

言われた瞬間、後頭部の髪が逆立つ。首の後ろがぞわっとするのを感じながら利翔は内心でつぶやいた。

(畜生め、わかったよ)

佐光のこの声と気配には逆らえない。利翔は上着を手に持ったまま、渋い顔で口をひらいた。

「座学は前と内容が同じだから、テキストの書きこみやノートがそのまま使えたんだ。おかげで最後の筆記テストはそこそこには書けたと思う。実地研修は同室の男とで、どっかの奥さんが温泉旅行に出かけるののお伴だった。そっちも特にどうってことは起きなくて、新宿駅で迎えのやつに渡したあとは、ＳＳＣの施設に戻り報告書を作って出した。……オレからはこれで全部だ。もっと詳しい話が知りたきゃ、前にあんたがそうしたみたいにあっちの講師に聞くんだな」

嫌みっぽくつけ加えると、佐光がソファから立ちあがった。

「な、なんだよ」

とっさに身構えた利翔の前で、佐光は穏やかな笑みを作った。

「了解した。お疲れさま」

近づいてきた佐光にぽんと肩を叩かれてほっとする。

(これでこいつは満足したんだ。メイランのこと、言わなくても別にいいよな。ともかく無

事に実地研修は終わったんだし）

そんなふうに利翔は自分を納得させる。

昔セックスしたことのある女と再会したのだとは、なぜか佐光に言いたくなかった。

それに、メイランとのいきさつを過去にわたって詳しく話せば、殺された猫がいた公園の話に繋《つな》がる。すると、佐光は連鎖的に部下を亡くした出来事を思い出してしまうだろうし、そちらの方面に触れる会話はできるだけ避けたかった。

「それじゃオレはそろそろ風呂に……」

「その前にもうひとつ」

肩に手を置いたまま佐光は言った。

「今度の実地研修で変わったことはなかったかい？」

内心ぎくりとしたものの、どうにか顔には出さずにおいて、利翔は「ねえよ」と首を振った。

それから表情を隠すために視線を逸らし、佐光の手から離れると、踵を返して歩きはじめる。

今度は呼び止められることなく利翔は浴室に入っていった。

◇

◇

（さっきのあれは、別に嘘ついた訳じゃない。ＳＳＣや、佐光に報告するようなトラブルはなかったんだ）

確かに報告に関しては一部省略していたが、それでも利翔は事実しかしゃべっていない。佐光も了解したと言った。だから別に後ろめたく思う必要はないはずだ。

利翔は自分に言い訳しながら髪と身体を手早く洗うと浴室を出る。着替えの用意はなかったので、バスタオルで身体を拭くと、それを腰に巻きつけて脱衣所を後にした。

自分のベッドが置かれた部屋に行こうとして、佐光の姿が目に入る。彼はキッチンのカウンター席に腰かけて、ブランデーを飲んでいたのだ。足を組んでグラスを持つ佐光の姿は様になっていたけれど、なぜか彼はこちらに顔を向けなかった。

「……なんだ、あんた。めずらしいな」

「貰《もら》いものだが、きみも飲むかい？」

「いや、いらね」

利翔は横に手を振って断った。佐光は別段気を悪くした様子もなく、手にしたグラスの酒を揺らす。

「そう言えば、きみは酒や煙草の類はやらないね。こういうのには興味ないか？」

「まったくねえってほどでもねえよ。酒のほうは奢られればたまに飲む。けど、自分からはやらねえなぁ。クセになるほど好きになったら困っから」

養護施設を出てからは食うや食わずのときもあった。嗜好品は利翔にとっては贅沢品で、なくてはならなくなったら困る。風呂上がりなら水がいいと、キッチンに回った利翔が水道水を飲んでいたら、カウンター越しに佐光が声を投げてきた。

「講習も終わったし、次は私と一緒に業務をしてみるかい？」

「ほんとか⁉」

利翔は眸を輝やかせた。いよいよ佐光のパートナーになれるのだ。シンクの前でぱっと身を翻し、彼の座るカウンターのほうへと回った。

「どんな仕事をするつもり……っ⁉」

いきおいよく駆けたせいで、図らずも腰に巻いていたバスタオルが緩んで落ちる。利翔は佐光の眼前で全裸の姿を晒《さら》してしまった。

（え、わ……っ）

顔が赤くなったのは、自分では止められない反応だった。

女のように恥ずかしがった自分がよけいに恥ずかしい。利翔はあせって、言わずもがなの台詞を洩らした。

「あ、悪《わり》い。ヘンなもの見せちまって。これが女の身体ならサービスになったのにな」

拭ききれていなかった髪が水分を滴らせ、裸の胸を伝っていく。それを佐光が目で追っているのがわかり、利翔はますます混乱してくる。バスタオルを拾おうとしゃがんだ姿勢で、上目遣いに佐光を眺め、さらにくだらない言葉を吐いた。

「で、でもあんたなら、たとえ女が目の前でマッパになっても、いきなり押し倒したりしねえんだろうな。なんたって、ほら紳士だから」

「……紳士ではないと思うが、確かに女性には無茶をしないな」

「なら男には無茶できるんだ？」

利翔は佐光の言葉尻をすかさず捉えた。頭の隅では警告ランプが点《とも》っているのに、自分ではやめられないのだ。

酒のグラスを手に持った佐光からはセクシーな香りが立ちのぼっていて、一滴もアルコールを口にしていないのに利翔の頭をくらくらさせる。

「女にはやれねえことでも男ならできるってか？」

男のまなざしが強くなっているのを感じ、利翔の皮膚が粟立《あわだ》った。無性にスリリングな感触をおぼえつつ、なおも佐光を煽《あお》るような台詞を発する。

「あんた、前に成り行き任せでやるって言ったろ？　だったら、そっちも試してみりゃいいんだよ。結構新鮮な気分になるかも」

「新鮮か……」

自分の言葉に佐光が心を動かしている。馬鹿を言うのはやめろという気持ちもあるのに、利翔の舌は止まらなかった。

「そうさ、いままでは気づかなかったあんた自身を案外発見できっかも」

そんなものありはしないと、佐光ならば理性的に返すのだろう。

ふざけるのはほどほどにして、きみはもう休みなさい。そう言われるのを待ち受けながら、利翔はタオルで前を隠して立ちあがる。しかし、佐光は利翔の予想を裏切って、カウンターのハイチェアを下りるなり、ふいに腕を伸ばしてきた。

「それならひとつ試してみようか?」

「え……っ?」

二の腕を摑まれて、男のほうに引き寄せられる。

「バ……ちょっ……」

佐光は利翔の腰と背中に手を当てて、きついくらい抱き締めてきた。身長差があるために、そうされると男の胸にすっぽりと包まれる。利翔はあせって両手を突っ張り、佐光を押し返そうとした。

「違うって。そうじゃねえ！　オレとじゃなくて、どっかの誰かとやればって……」

勘違いだと言いながら、必死でもがいてみたものの男の腕が外せない。

この体勢だと足はつま先しかついておらず、まともに力が入らないままじたばたと暴れていたら、うなじにピリッと痛みが走った。

「んっ！」

佐光が自分の首を齧った。思いもかけぬ出来事に利翔はしばし茫然《ぼうぜん》となる。抵抗を忘れた隙に、男の歯はますます食いこみ、しかも強くそこを吸われた。

「っ、た！　離せよバカっ」

シャツの袖を引っ張って抗議したのに、彼は噛むことも、吸うこともやめてくれない。

「やめろって！　痛いからっ」

叫んだら、ようやく噛むのをやめてくれた。しかし利翔がほっとしたのもつかの間で、うなじにぬるりと舌を這《は》わされ、その感触に肩が大きく跳ねあがる。

「や……っ！」

ぞくんとしたのは不快ではないからだ。それがわかってなおさらあせる。ほとんどパニックを起こしながら暴れたら、彼が体重をかけながら圧《お》しかかり、海老反る姿勢を持ちこたえられず利翔は床に倒れていった。

「な、なにす……っ⁉」

佐光の下敷きになりはしたが、彼は両膝で自分を支え利翔を押し潰してはいなかった。けれども仰向《あおむ》けに倒れた利翔にまたがって、両方の手首をそれぞれ床の上に張りつけている。

「じょ、冗談はやめろって」

下から仰ぎ見る佐光の様子は上品にも紳士にも見えなかった。利翔を押さえつけ、無言のまま唇を引き結び、ダークブラウンの双眸でじっとこちらを見下ろしている。

佐光がいままで見せたことのない雄の気配が滲んだ顔つき。利翔はそれを目にしたとたん動けなくなってしまった。

（なんで……こんな）

佐光を獰猛《どうもう》な男に変えさせたのが自分だとは信じられない。無自覚に煽ったのは、ただたんに面白くなかったからだ。佐光の彼女を想像し、ちょっとばかり不愉快になっただけ。ただだけどあれしきの挑発にこの男が乗るなんて予想していなかった。いつものような大人顔で軽く流すと思っていたのに。

「……っ！」

佐光がゆっくり顔を下げ、利翔の鎖骨をぺろりと舐める。まるで獲物を味見するような獣の仕草に、利翔の頬が引き攣った。

「か、からかってるだけだよな？　わざとオレを脅そうとして……」

直後に鎖骨をガリッと噛まれた。

「イッ！」

痛みに利翔の顔が歪む。この男に食われるという畏《おそ》れが湧いた。

佐光の大きくて強健な顎ならば、利翔の細い骨などは簡単に噛み砕いてしまえるだろう。

皮膚を破られ、血を啜られ、利翔は彼の腹に収まる。

そう思えば恐ろしくてたまらないのに、どこかセクシャルな慄《わなな》きも感じていて……それがますます利翔の心に危機感を募らせる。自分自身を守ろうと、膝で急所を狙ったら、曲げた脚でブロックされた。

「……った！」

佐光の脛が利翔の膝頭に乗ってくる。さほど力を入れていないようなのに、そうされると関節が封じられて動けない。

（そうだ、こいつ。なんとかシステムの巧者だって……）

ＳＳＣでの講習中に、そこの講師の河東は利翔に忠告を寄越していた。

――やんちゃもご愛嬌だがな、家では彼をあまり怒らせないほうがいいぞ。

鎖骨に噛み痕をつけられながら、利翔は鳥肌を立てていた。

「な、なぁっ。オレはあんたになにしたよっ？」

見たくもない利翔の裸を見せられて、くだらない台詞を吐いたのにむかついたのか？　それとも、せっかく自分が行かせてやったのに、すぐに講習後の報告をしなかったのが腹立たしいのか？

「りっ、理由を言えよっ。あんたはいつもそうしてただろ。オレんこと、そんなに嫌いになったのかよ……っ」

涙声になりかけたのが口惜しかった。こんな哀訴くらいでは佐光の心を動かすことなどできないのに。

（え……？）

しかし、佐光はそのとたん動作を止めた。それからややあって、嚙むのをやめた彼の口から低いつぶやきが洩れてくる。

「……手荒な真似をしてすまなかった。私はどうかしていたようだな」

顔をあげ、まだ利翔の上にまたがったまま乱れていた前髪を掻きあげる。その眸にはまだ強い光が残っていたけれど、獰猛な気配はかなり薄れていた。

「あ……あんた、疲れてるんだよ。飲んでたし」

そういうことにしたくて言うと、佐光はゆるやかにうなずいた。そうして利翔の上からどくと、深く息を吐きながら首を振る。

「私もシャワーを浴びてこよう。きみは先に寝ていなさい。業務についてはまた明日話し合おう」

そうして彼は床に落ちていたバスタオルを拾いあげ、半身を起こした利翔に手渡した。

「あ……ど、ども」

心臓が壊れるくらいに鳴っていた。反射で手を伸ばしたのは、この男の仕草を拒否して怒らせたくない一心だ。

利翔が引き攣った顔で言うと、佐光が微かに苦笑する。

「きみを……嫌いにはなっていないよ」

そののち浴室のドアが閉まってしばらくしてから、利翔は膝を立てた姿勢で丸まった。指先が震えていたし、首筋も、鎖骨の辺りもじんじんと痛みを発していたけれど、それよりも強い情動が腹のなかで蠢《うごめ》いている。

これまでにおぼえのない、なにか熱を孕んだもの。

——きみを嫌いにはなっていないよ。

その言葉を抱きかかえるようにして、利翔はしばらくその場にうずくまっていた。

◇　◇

新品のベッドの上で眠りづらい夜を過ごし、利翔がそれでも勝気な顔を装って洗面所に行ってみると、佐光が「おはよう」とタオルを手に挨拶した。

「あ、おはよ」

声ばかりは普通に返してみたものの、利翔は内心大いに戸惑いを引きずっている。佐光はタオルを洗いもののカゴに入れ、爽やかに微笑んだ。

「今朝はひさびさにきみの料理が食べられると思っていいかい？」

「えっと、うん。冷蔵庫になんかありゃいいけどな」

「大丈夫。昨日の朝見たときは、ハムと、卵と、ミルクがあった」

「またそれか！　あんた、ほんとにハムエッグしか作る気ねえな！」

意識して乱暴に突っこみながら相手の脛を蹴飛ばすと、彼は「痛いよ」と言いつつも穏やかに笑っている。

かつてのようなやり取りが戻ってきて利翔は本気で安堵したが、それを態度には出さないように気をつけてキッチンに向かっていった。

（あいつはゆうべ酔ってたし……なんかできっとストレスが溜まってたんだ。虫の居所が悪くって、たまたまオレに当たっただけ）

何度となくおのれに言い聞かせた結論をまたも頭のなかに浮かべる。

（普通にメシ食って、なんもないことになればいい）

七分ほど黄身の固まった目玉焼きは佐光の好みで、その皿をきつね色に焼きあがったトーストと一緒に出すと、佐光がひどくうれしそうな顔をした。

「これは随分なご馳走《ちそう》だね」

「んな大層なしろもんかよ。あんたがいままで飽きるほど食ってたやつだろ」

「そうだけど、きみが焼くと美味しいからね」

佐光は相変わらず甘い台詞を平気で吐くやつだった。言い返してやろうとしたのに、なんとなく言葉に詰まる。おぼえずうつむくと、うなじのところがちりっと痛み、ゆうべの出来事がいやおうなく甦《よみがえ》った。

——手荒な真似をしてすまなかった。私はどうかしていたようだ。

そう、あのとき佐光が言ったとおり、一時的に彼は調子を狂わせていたのだろう。そうでなければ、あれほど怖い男になんてなるはずがない。

まるで獣みたいな仕草で、あんなにしつこくうなじを舐めて、鎖骨を齧る訳がない。

（だけど……こいつにとっちゃあんなのたいしたことなくて、ほんとにもう忘れてる……？）

利翔の側では頭のなかいっぱいにそれが残っているけれど、まさかゆうべの出来事を蒸し返す訳にもいかない。ちらりと眺めた佐光のほうはあのときの一件などまるきり起こらなかったみたいに涼しい顔をしているのに。

「……次の業務ってどんなのだ？」

利翔が朝食をほとんど食べ終えたころ、ようやく言うことを思いついた。佐光はコーヒーを飲み干して「どんなのにしようか？」と逆に聞く。

「しようかって、あんたまだ決めてないのか？」

「おおよそはね。だけど、きみが講習で疲れているなら急ぎの案件は外そうかと思っているんだ」

「急ぎでいい。なんならいまからでもオレはやれるし」

速攻で利翔は答えた。いよいよふたりで取りかかる最初の仕事だ。これからなにをするのかは不明だが、きっちりと応じてやって、佐光からさすがだと言わせたい。

利翔が眸を輝かせて身を乗り出すと、佐光が「それは頼もしいね」と微笑んだ。

「だったら、いまから条件に合ったのをピックアップしてもらおう」

「え、いまからか？」

利翔が部屋の掛け時計をちらりと見れば、時刻は七時を回ったところだ。こんな時間でも会社は開いているのだろうか？

「SSCは二十四時間体制で稼働しているんだよ。当然業務部にもスタッフが詰めているはずだから」

利翔の思考を読んだのか、佐光が的確な返事を寄越した。そうして取り出したスマートフォンで誰かを通話口に呼ぶ。

「ああ広瀬《ひろせ》くん、佐光だが……そう。すまないが、このあいだの案件でよさそうなものがあれば、ひとつ押さえてくれないか？　明日あたりで、短期のものがいいんだが……うん、それでいい。さすがにきみは仕事が早いね。あとでそちらに顔を出すからよろしく頼むよ」

ゆうべと同じくやさしげな声音だから、相手はきっと女だろう。あたかも彼女の上司であるかのように指示する佐光の調子には違和感がなく、彼は自然とひとの上に立つ男だと利翔は改めて思ってしまう。

（やっぱ、ゆうべのこいつって普通じゃなかった。マッパのオレにまたがって、あんな顔で罵るとか……）

思い出したら、無意識に鎖骨の上に手が伸びる。そこを噛まれているときに、ダークブラウンの彼の髪が顎と首とに触れていた。いつもは自分より高い位置にある色が、こんなふうに間近に見える。そのことが痛みとはまったく別に、利翔の胸を妙な感じに騒がせていた。

あのときの感覚をいったいどう表せばいいのだろうか。まるで、佐光が自分のことを……。

「ちょうど明日の依頼が一件あるそうだ」

そのとき佐光の声がして、あらぬ方向に漂っていた利翔の意識が引き戻される。ハッとして視線をあげれば、彼はたったいま触れていた鎖骨辺りに目を向けていた。

「私はその案件の下調べにこれからＳＳＣに出向いていく。ついでに他の用件も済ませてくるつもりだから、帰りは夜遅くなる。戻って早々留守番をさせて悪いが、昼と夜の食事はひとりで摂ってほしい」

淡々と述べてくる佐光の声に、利翔はうなずく仕草で応じた。

「明日に備えてきみはゆっくりしていてくれ。この部屋の掃除はほどほどでいいからね」

話しながら、佐光がおもむろに視線を外す。それで、ようやく引き結んでいた口が解けた。

「ほどほどつったって、汚えままじゃ落ち着かねえよ。んなこと言うなら、散らかすのもほどほどにしてくれりゃいいのにな」

元どおりに振る舞おうと、利翔は皮肉っぽい口調を装う。この対応は結構うまくいったらしく、困ったふうに佐光が頭に手をやった。

「きみの言うとおりだね。せめて朝食の片づけくらいは手伝うよ」

「あっ、いい。オレがやる」

この男に任せると、下洗いもしないまますべてを食器洗浄機に放りこむのだ。あわてて利翔は腕を伸ばし、勢い余って男の手を押さえてしまった。

「……っ！」

佐光の手の甲に自分の手のひらを重ねた状態で利翔は固まる。次いで、驚きとも畏れとも言いがたい感情が湧きあがり、利翔の脳を混乱に陥れた。

おぼえず顔面が青くなり、赤く染まっていったとき、佐光が真面目な顔つきでこちらに視線を合わせてきた。

「明日からきみと業務にかかる訳だが、ひとつ決めごとをしておこうか？」

「……き、決めごとって？」

「これから先、きみは業務に関しては私にいっさい嘘をつかない。もちろん私も同じようにするからね。この決まりが守れるかい？」

　パートナーと情報を互いに開示し合うのは、円滑に業務を進めていくために必須だからと佐光が言った。

「もちろん、守れる」

　佐光から業務上の要望を求められた。そのことが動揺していた利翔の心をひとまずは落ち着かせる。真摯《しんし》な気持ちと幾ばくかの高揚を交えながら、利翔は大きくうなずいた。

「それと、私は……」

　言いさして、ふいに佐光がもういっぽうの腕を突き出す。不意打ちの男の動作がいったんは鎮まっていた利翔の畏れを引き出して、思わずびくっと身体が震えた。

「どれほどきみに煽られようとも、ゆうべのようなことはしない。きみを怯《おび》えさせるのは私の本意ではないからね。それに、今後の業務にも差し支える」

　憎らしいほど余裕たっぷりに佐光が告げる。聞くなりカッと頬を熱くし、利翔は男を睨みつけた。

（わざと脅かしやがったな）

　怯えた反応を示した自分が恥ずかしく、同時になにくそと思う気持ちが胸の奥から湧きあがる。負けず嫌いな性格を喚起させられ、利翔は憤然と顎をあげた。

「誰があんたにびびったよ⁉　勘違いすんなよ、バカ」

「では、いっさいあのことは気にしていないと？」

「あったりまえだ！　あんなのは蚊に刺された程度のもんだ」

「そうか。その元気があるのなら決めごとも守れそうだな」

「オレよか、ヤバイのはそっちだろ。あんた、意外と沸点が低いもんな！」

売り言葉に買い言葉で、怯《ひる》む気持ちを完全に飛ばした利翔が嫌みたっぷりに言ってやる。

すると、佐光が「ありえない」と返してきた。

「約束破りで負けるのはおそらくきみだ」

「ハッ。んなことねーし。もしもオレのほうが負けたら、罰ゲームとして外の通りを逆立ちして歩いてやる」

「あいにくだが、そんな真似は不要だよ。きみにそのようなことをさせて、私になんの得がある？」

「だったら、なにすりゃいいんだよ！」

嚙みつくように怒鳴ったら、佐光は宙に視線を据えて考える面持ちになる。それからふと思いついたかのように「そうだな」とつぶやいた。

「もしもきみが負けたなら、私の命令をひとつだけ聞く、そういうルールにしておこうか？決まりを破ればリスクがあるとわかっていれば、それがいい枷《かせ》になって業務もスムーズに運ぶかもしれないし」

「んなもんなくたって、オレはちゃんとやれっけどな。それはむしろあんたのためのルールだろ？　言い出しっぺのあんたが罰ゲームをやらないように、せいぜい気をつけているんだな！」

この時点でも佐光がなにを考えているのかが利翔には呑みこめていなかった。相手に負けまいとする馬鹿げた意地が先行し、それくらいの決めごとは楽勝だと思っていた。

そのことがあとになって、どれほど利翔を窮地に立たせる出来事に繋がっていくのかを、いまの利翔には知る由もなかったのだ。

「では、そうならないよう私も充分気をつけよう」

そうして佐光はまもなく身支度をし終えると、いつものように「行ってくる」と声をかけてこの部屋を後にした。

◇　　◇

翌朝、利翔《りしょう》は食事のときにコーヒーを淹《い》れなかった。佐光《さこう》が今日は利尿効果のある飲み物は控えると言ったからだ。

「今日は日中のほとんどを対象者に張りついていなければならないからね。きみもできれば水分は控えめに」

それで今朝は利翔手作りのハムサンドと、水とで簡単に食事を済ませる。そののちキッチンのテーブルに佐光は資料を広げると、仕事の説明をしはじめた。

「本日の業務内容についてだが、まずはこちらの写真を見てもらいたい」

利翔が手元のプリント用紙に目を落とす。そこには老人男性の全身を映した画像が貼りついていた。

「この対象者の氏名は呉慧琳《ケニー・ウー》という。年齢は八十二歳。現在の住まいは国立市にある介護付きの老人ホームだ。月に一回、呉《ウー》は神戸からやってくる親戚に会うために、横浜の中華街を訪れるのと常としている。私たちがなすべき業務は個人警護で、この対象者を現在の住まいから横浜の中華街まで送っていき、また安全にホームへ届ける。ここまでで質問は？」

「えと。これは何時から何時までの仕事になるんだ？」

訊《たず》ねる利翔は真剣だった。遊びではない。これはいままでのセックスを代償にお小遣いをもらう類《たぐい》のことではない。佐光と初めての業務なのだ。その想いが利翔の背筋を伸ばしていた。

「本日、午前十時から午後四時までだ」

「親戚って、甥《おい》とか姪《めい》か？　あと、中華街のどこで会うんだ？　それと、対象者の身体《からだ》の具合なんかも知りたい。それによって、気をつけないといけないこともあるだろうし」

「いい質問だ」

満足そうに佐光はうなずく。

「今回会う親戚は対象者の甥夫婦。行き先は関帝廟《かんていびょう》通りにある中華飯店となっていて、そこは従兄弟《いとこ》の娘夫婦が経営している。対象者はその店の個室で身内との会食をして、用意された手土産《てみやげ》を持って帰る。入院するほどではないが、不整脈の症状があり、歩行も杖《つえ》なしでは難しい彼にとって、月にただ一度の外出だ」

「要するに、年寄りが身内に会うための遠出なんだな。でも、こういうのって、警備会社に依頼するより、普通だったらケア関係のスタッフとかに頼むんじゃね？　あんたが出張っていくような業務じゃねえ気がすんだけど」

「それもいい疑問だな」

褒める言葉に利翔の気分が浮き立った。ここまでは順調だ。講習で学んだことが活かされている。

ひそやかに拳《こぶし》を握る利翔の前で、佐光はテーブルの写真を眺める。画像には老人ホームの庭かと思われる花壇を背景にして、いかにも好々爺然《こうこうやぜん》とした白髪の男が映っていた。

「この対象者は新宿にある香港社会で、かつては自警団のトップだった。そのころに助けられた連中の何人かはやがて本国に戻っていったが、彼から受けた恩義を忘れていなかった。それで、連中はそれぞれ金を出し合って、老人が身内の者と歓談できるようにしている。そして、介護関係者ではなく、警備会社に送り迎えを依頼するのは、対象者が若いころ同胞を守ろうとかなり無茶を重ねていたから、当時を知る相手に出会ってトラブルが起きないようにするためだ」

「そっか、昔の新宿も相当縄張り争いがきつかったみたいだもんな。自衛っても、根に持たれれば言い訳聞いちゃくれねえだろうし、こんな歳《とし》じゃあぶねえもんな」

なかなかいい話かもと思っていれば、なぜか佐光はやれやれというふうに肩をすくめた。

「きみは存外純真なんだね。それではもうひとつ、別のデータをつけ加えよう」

佐光はひとの良さそうな老人の画像の上に、資料として用意されていたプリント用紙を重ねて置いた。

「これは……？」

純真と言われたのにはむっとしたが、それもつかの間、佐光が示した画像に興味を惹《ひ》かれて見入る。こちらはマオカラーの中国服を身に着けた、随分と目つきの鋭い若者だ。

「この男が誰かわかるか？」

「えっと……たぶん、対象者の若いころの？」

当惑しながら利翔は答えた。顔の作りそのものから推測したが、この人物は本当に自警団のメンバーだろうか？

プリント画像を通しても滲《にじ》み出ている瞑《くら》く烈《はげ》しいこの気配。こんな印象を利翔に与える風《ふう》貌《ぼう》は、どこにでもあるものではない。

「なんか、こいつってただ者じゃねえみてえだ。どう見てもまっとうな感じがしねえし……それも雑魚《ざこ》レベルなんてのじゃなく、もっと複雑に入り組んだ雰囲気がある。こいつは裏社会でも相当な存在の……？」

思いついた感想をぽつぽつと述べていくと「当たりだ」と佐光は言った。

「この対象者は表向きとは違う顔を持っている。香港黒社会の構成員が裏の顔で、バブル時期の新宿ではかなりの力を奮っていた。そして、いまは現役を退いて衰えたとはいうものの、なおも隠然たる影響力を有している。ただし、彼が黒社会の一員であることは、身内でも一部にしか知られていない。従兄弟の娘夫婦にとって、対象者はたんにやさしい一族の長老だ。呉は月一回の会食で、身内との繋《つな》がりを温めつつ、神戸にいる三合会《さんごうかい》の仲間との情報交換も果たしているんだ」

（え。この爺《じい》さんが……？）

もしかしてと感じていても、そう聞くとやはり驚く。

好々爺としか思えない老人と、眸《ひとみ》に闇黒《あんこく》を宿した男。

ふたつの画像を利翔はそれぞれ見比べる。それにしても同一人物とは思えないなと利翔が眉間《みけん》に皺《しわ》をよせたら、佐光がくすりと笑いをこぼした。

「では、ここで私から質問だ。この対象者は最初の話にあったとおり、善良かつ無害な老人に過ぎないか？　それとも、老いてなお鋭い牙《きば》を失わない黒社会の一員か？」

「ど、どっちって……」

そんなふうに訊ねられると思っていなくて、利翔は目を瞬《しばた》かせた。

「最初にきみは、この対象者を善良な老人と認識した。次には闇《やみ》の部分を持った黒社会の構成員だと考えた。なぜ、そのような思考を持つに至ったんだ？」

「だって、そりゃ、あんたがそう言ったから」

「私が言えば、それは事実か？」

利翔はすっかり面食らって、口をぱくぱく動かした。

確かに自分は佐光が言うのを一から十まで信じたが、それは彼が嘘をついても意味がないという前提があったからだ。

誰でも利翔の立場ならそう思うのが普通ではないだろうか？　これから一緒に仕事をするパートナーの説明を疑うことなどおかしいと。

「オレは……あんたを疑やよかったのか？」

佐光はいいやと首を振った。

「物事は一面だけじゃないんだよ」

短く突き放すような彼の語調に、利翔はハッと目を見ひらいた。

「私がきみに提示したのは事実でもなく、真実でもない、情報の一片に過ぎないものだ。それを事実にしていくためには、きみ自身が裏を取る必要がある。ただ、いまのきみの立場では、そこまでのデータを集めるのは難しい。だからこれは私を疑えという話ではなく——目の前にある情報は多面的に検証する必要がある——と、それをおぼえてほしいがために言ったことだ。それを怠って、ひとつしかない情報を鵜呑《うの》みにすれば、きみはいつか自分が信じたいものだけを信じるようになってくる。ＳＳＣで今後仕事をしていくうえで、それはとても危険なことだよ」

反論することができず、利翔はただうなずいた。

「それでは、そろそろ出かけようか？」

腕時計に目を落とし、席を立った佐光に続いて玄関へ進みながら、少し先を行く男の背中を睨《にら》みつける。

今日の佐光はポロシャツにチノパンツを身に着けていて、カジュアルな印象だった。利翔のほうは佐光の選んだ服装を見て、いつもの黒シャツとジーンズとを選んでいる。エレベーターにふたりして乗りこんでから、利翔はさきほどの彼の言葉を自分なりに噛《か》み砕いてみようとした。

（これから出向くところには、ガチンコ勝負も辞さなかった元自警団トップの男か、犯罪にも手を染めていた香港黒社会の構成員がいるってことか？　でも、それだって佐光から聞いた話で、オレにはそれを判別できる裏づけなんかありゃしない）

利翔はおのれの甘さをつくづく思い知った。佐光のパートナーだと思ったことで、つかの間同じステージに立ったように思ったが、本当は少しも近づいてはいないのだ。

（いまのオレには考えてみることも無駄なのか？　なにも自分では考えずこのまま佐光に振り回されて、おたおたしているままでいいのか？）

それが嫌ならどうすればいいのだろう。

「……これから会う男だけどな、オレは確かにあんたからもらった情報しか持っちゃいない」

これを言ったのは、かなり時間が経《た》ってのち、メトロから中央線に乗り換えた電車のなかだ。都心から郊外に向かっていく車内の吊革《つりかわ》に摑《つか》まりながら利翔は少しためらったあと、おのれの考えを隣の男に打ち明ける。

「SSCには膨大なデータがあるって講習では聞いたけどな、それにアクセスするだけの資格がオレにはないんだと。だからオレはいまの自分にやれる方法でやってみっから」

「具体的にはどうするんだい？」

少しばかり面白そうな顔つきで佐光が低く問いかけた。

「いまんとこ、あんたから聞いた以外の手立てとして、オレはオレしか持っちゃいねえ。だから、相手をじっくり見てそのひととなりを判断する。それだとオレの勘だとか、相手の雰囲気だとかになるけど、やらねえよりかマシだしな」

利翔は自分の提案がどんなふうに判断されたか緊張しながら待ち受けた。彼はしばらく無言でいたあと「それはいいね」とつぶやいた。

「だったら今日は完全な後方支援に回ってもらおう。私と対象者から一定の距離を置いてついてくるんだ。その際、一瞬も目を離さずに対象者を観察する。そして、できれば対象者にはきみの尾行を知られないでもらいたい。それがきみにできるかい？」

「できるに決まってんだろう」

佐光が承知する言葉を受けて、間髪いれず利翔が請け合う。佐光は「頼りにしてるよ」と微笑《ほほえ》んだ。その台詞《せりふ》を額面どおりに受け取れず、利翔は黙って顔を背ける。

（本当はそんなこと思ってねえだろ。こいつに取っちゃ、オレなんか数でもねえし。たぶんこれはオレに対する尾行のテストだ）

頼りにしてるよと言われたからって、真に受けているどころじゃない。これを自分への講習にしてしまえるほど、佐光との力量には隔たりが存在している。

このことは厳然たる事実であって、隣にいるのに佐光が遠い。それが無性に腹立たしいのだ。

「……嘘ばっか」

「うん？」

電車を降りて、タクシー乗り場に向かいながら洩《も》らした声を佐光が拾って聞き返した。

「あんたはすっげえ余裕綽々《しゃくしゃく》なんだよな」

それしか言わなかったのに、佐光は利翔の心情を汲《く》み取ったようだった。

「私はこれまでどんな業務も余裕と感じたことはないよ。きみは自分を試されているような気分かもしれないが、私はきみのバックアップを無用なものだとは思っていない」

本当にそうだったらよかったのに、とは思わないことにした。利翔のバックアップは事実上無用だろうが、佐光から与えられた尾行の課題はちゃんとやる。

佐光からそれすらもできないやつだと見做《みな》されたくないからだ。

「だったら、あんたと対象者をガン見しといて、困ったときには助けてやるよ」

◇　◇

そして一時間後、利翔は横浜に停車する小田原行きの電車に乗りこんでいた。扉近くに立っている利翔から少し離れた位置にいるのは佐光と呉で、ふたりは老人ホームの入所者とその介護者として振る舞っているのだった。

ふたりはどちらも車内の空気に上手に溶けこんでいて、誰からも不審に思われていないようだ。それが証拠に赤ん坊連れの若い女は、隣の席の呉に話しかけられて、にこにこしながら返事している。

一見ありふれた、なごやかなその光景。佐光に言いつけられたとおり、彼らの姿を見続けてはいるものの、ふっとそこから意識が逸《そ》れる自分を感じる。

（オレはなにやってんだろな）

困ったときには助けてやるよと調子よく大口を叩きはしたが、そんな事態などおそらくはないだろう。これならまだメイランの我儘《わがまま》につきあわされていた、あの研修のほうがましか？

（……って、甘ったれんなって話だな）

自分の駄目ぶりに気がついて、利翔はおのれの心持ちを切り替えた。

頼りにしているよと、佐光が言ったあの響きはいまも利翔の耳にある。

自分の存在を佐光に認めさせるにはまず結果を出してからだ。迷うのはいいとして、まだやりきっていないうちからぐだぐだいじけるのは論外だろう。

利翔は自分を叱咤《しった》して、ふたたび意識を集中して呉の姿を眺め続ける。途中で携帯のバイブ音がしたけれど、それは佐光からの連絡ではあり得ないし、ポケットからそれを出して確かめはしなかった。

やがて電車は横浜に到着し、呉は佐光の介添えで駅から中華街へと進み、関帝廟通りにある群藍《チュンラン》飯店という中華レストランに入っていった。

店内は昼時には少々早いが観光客の一団がいたようで、なかはかなり賑《にぎ》わっているようだ。しかし、呉が顔を出すと恰幅《かっぷく》のいい中年女性が駆け寄ってきて、笑顔全開でなにか言った。

たぶんこれが従兄弟夫婦の娘だろう。中国語での会話は利翔にはわからなかったが、親しみのこもった様子は見て取れた。

（あれ……？）

中年女性は佐光にも挨拶《あいさつ》をしたのだが、初対面のケアスタッフに向けるにしては少しばかり親愛の度が過ぎるのじゃないだろうか？

入り口付近にひっそりと佇《たたず》んで、それらの光景を見ているうちに呉と佐光は二階席に向かうべく階段をのぼっていった。

「お客さん、おひとり様？」

利翔に気づいて足早に近づいてきた店員に訊ねられる。

「あ、うん」

案内されたのは一階のふたり席。食べたいものは特にないので、昼定食のメニューから適当に注文する。店員が水の入ったコップを置いて去ったのち、利翔は時間の潰《つぶ》しかたを考えた。

（このままずっと店にいる訳にもいかねえし。メールかなんかで佐光に連絡したほうがいいんだろな）

そう判断して、携帯を取り出すと、電話の着信を報《しら》せる表示がそこに出ていた。心当たりがないままにフラップをひらいてみると……。

（げ。メイランかよ！）

あの迷惑女がなんの用だ。そういえば強引にアドレス交換をされていたと思い出す。留守番電話にメッセージが残されているようだったが、まったく聞きたいとは思わないのでそっちは後回しにして佐光宛《あ》てにメールを送る。

【昼メシ頼んだ。あんたは？】

【私はいまからだ。きみはその食事を終えたら、店の外に出て私に電話を】

【わかった。あんたは呉とメシ食ってんのか？　オレが電話してまずくねえか？】

【彼とは違う個室にいるから。ここは私ひとりだし、盗聴器の有無はすでにチェック済みだ。だからきみが電話してきても大丈夫だよ】

届いた返信にオッケイと利翔は送る。それからまもなくやってきた昼定食を適当に終わらせて、店の外に出ていった。

「オレだけど」

言われたとおり、佐光の番号に電話をかけた。すると、耳孔に響きのいい男の声音が注がれる。

『ご苦労さま。尾行をしてみて、なにかわかったことがあるかい？』

「あんたと呉は結構馴染《なじ》みの仲なんじゃないかと思った。それと、この店への送り迎えも初めてじゃないなって」

『きみはなかなか鋭いね。それだけわかれば上出来だ』

「じゃあやっぱ、あんたと呉は知り合いなんだな？」

ここまではまずまずうまくいったようだ。ひそかに胸を撫《な》で下ろす気分でいると、利翔の念押しに佐光が応じた。

『昔ちょっとね。だけど、いつもこの店に送ってきている訳じゃないよ。今回はたまたまタイミングが合っただけだ』

それでどうかい、と佐光が訊ねる。

『彼の素性はどっちだときみは感じた？』

おそらくはそう聞かれると思っていた。佐光が語った――物事は一面じゃない――というのも確かに真実なのだろうが、利翔にも利翔なりの想いがある。

「オレは新宿を根城にして長いんだ。あの街がどんなだか、あんたなら知ってんだろ？」

佐光の質問にすぐには答えず利翔は言った。

「あそこはさ、日本のやくざだけじゃなく、台湾、韓国、中国に、東南アジアと、いろんな国のマフィアがひしめき合うカオスな場所だ」

あの街にいる街娼や密入国の男たちはアジア系ばかりではない。コロンビアや、ルーマニア、ナイジェリアなど、世界のあらゆる国々から流れこみ、そこで一円でも多くの金を稼ごうと必死なのだ。警察もやっきになって犯罪対策に取り組んではいるものの、連中は公務員で規則に縛られて活動している。そのうえ一部は暴力団と持ちつ持たれつの仲でもあり、徹底的な浄化など夢のまた夢が現状だ。

「あんなところでうんざりするほど汚ねえ場面を見てきたオレが、呉についてどう思ったか言ってもいいか?」

佐光はどうぞとうながしてくる。その語調に硬さがわずかに交じっているのは、彼もまたこちらの答えを真剣に受け止めようとしてくれているからだ。

利翔はひとつ息を吸い、おのれの見解を彼に伝えた。

「呉に隠された一面があんのかないのか……それはどっちでもいいんだよ」

『どちらでもいいんだとは、また随分と大雑把な判断だね』

声で佐光が驚いているのがわかる。おそらく呆れてもいるのだろうが、利翔は臆さず言葉を足した。

「だけど、ほんとにそう思った。相手のことを知っとくのも大切かもしんないけど、それでもオレたちのすることは変わんないだろ? この仕事って、SSCのあれなんだろうし」

『あれ、とは?』

「我々は、盾であり、介添者であり、城塞である——ってやつ。対象者が子供好きな気のいい爺さんでも、黒社会の構成員でも、オレたちはその相手を守らなくちゃなんねえし」

おそらく呉には裏の顔があるのだろう。赤ん坊やその母親と接しているときはともかくも、駅の雑踏や中華街を歩く呉からほんの一瞬張り詰めた気配が生じた。見ている利翔をぴりっと刺すような皮膚感覚は、新宿でヤバイ目に遭いそうな兆しがあるときとよく似ている。

「オレなりに感じたこともあんだけど、この業務に善《よ》い悪いは関係ねえし。だから、どっちでもかまわねえ」

利翔が告げると、ややあってから静かな声が耳に流れる。

『それはSSCの講習で学んだことか？　対象者の善悪にかかわらず相手を守る？』

「まあ……そうなんのかな？　自分ではまだはっきりわかんねえけど」

あの講習を受けてから、利翔の気持ちがほんの少しだけ変わった気がする。もっと正確に言うのなら、佐光と出会ったときからだろうか。ただ毎日を食い繋いでいくだけではない、なにかの想いが芽生えようとしているのだ。

「いい加減で大雑把かもだけど、本当にどっちでもかまわねえんだ。大事なのは対象者の安全だかんな」

いまの利翔には正解などわからない。けれどもこの世が理不尽なものならば、無理してそれに迎合してもしかたない。ただ単純におのれの直感に従って、そのとおりに行動する。

それは佐光がかつて語った――成り行き任せに生きる――のとも似通っていると思えた。

ただシンプルに自分が進むべき方向に頭を掲げて。

迷っても、リスクがあっても、折れない芯《しん》を背中に通して。

佐光はしばらく黙っていたのち『きみはSSCの精神を、もしかしたら私より体現するようになるのかもしれないね』と言ってきた。

「ハア？　なんだそれ？」

『きみは私が思った以上にあの講習で多くのものを得てきたということだよ』

佐光の声が温かみを帯びていた。褒められたと気がついて、我にもあらず利翔の頬《ほお》が赤くなる。

「んなこたねーし。一回目は思いっきし落ちこぼれてて、内容なんかはろくすっぽ理解できちゃいなかった。あげく喧嘩したことは、あんただって知ってんだろ？」

『それでもね。私はきみがそういうふうに感じてくれてうれしいんだ』

「だって、嫌でもおぼえっし。あそこの講師はどいつもこいつもど迫力で、頭んなかに叩きこんでおかねえと、ぶっ殺されそうな勢いなんだぜ」

やさしい口調に利翔はますます照れくさくなり、乱暴な調子で言うと、周囲を憚《はばか》ったのか佐光が吐息だけで笑う。

『ぶっ殺されそうか……たとえばどんな内容だった？』

佐光のうながしに、利翔はそのときの情景を甦らせた。

「そうだな。たとえば河東って講師のときとか――おまえたちが身を挺《てい》して死守する一分一秒が、依頼主にはこのあとの一生に繋がるための時間となる――とか、すっげえ怖い顔で怒鳴んの」

利翔が声真似をしてみせると、今度はこらえられなかったか、彼がちいさな笑いを洩らした。

「ああいうのを大の男がマジになって怒鳴るから、最初はどん引きしたんだぜ。でも……学校の百倍はよかったかな。たりぃやつとか誰ひとりいなかったし」

喧嘩した元警官も彼なりに真剣だった。思い出して利翔が言うと、佐光が『それなら』と告げてくる。

『この業務が終わったら、次の講習を受けるといい。なにか興味をおぼえたような科目はあるかい？』

利翔はしばし考えて、やりたいことを思いついた。

「あの、なんとかシステムってやつでもいいか？　あんたはあれの巧者なんだろ？」

『ああフェアバーンシステムか？　ＳＳＣにはもっと上手な連中がたくさんいるが、きみがよければ私から習ってみるか？』

（佐光がオレに……!?）

意地っ張りな性分が邪魔をして、素直にうれしいとは言えなかったが、利翔は浮き立つ気分になった。

「しょうがねえ、あんたで我慢してやるよ。オレが直接あんたから習ったら、講習費用の節約になるもんな」

佐光は笑みを含んだ声で『了解した』と請け合った。それから、あと二時間ほどはこの中華街で待機してくれと利翔に命じる。

『それまではなにをしていてもかまわないが、この店を出る前に電話するからあまり遠くへは行かないように』

「ん、わかった」

それで彼との通話は終わるが、利翔はまだ弾む気分が残っていて、ついでとばかりに一件表示されている留守番電話に接続した。ほどなく耳元に流れてきたのは女の声だ。

『あたしよ、利翔。お願い助けて！　いまからすぐにトゥーランドットの紫《ゆかり》に会って、預けたものを受け取って。それであのひとを守ってちょうだい。お願いよ、こんなときにあんたしか頼めるひとが見つからないの。他のひとには言わないで。あたしも絶対しゃべらないから。たとえあたしはどうなってもあのひとさえ無事ならいい……利翔、お願い。あのひとを助けてあげて……！』

メイランからの留守電はいつもの彼女の口調とはまったくかけ離れている。携帯を手に、利翔はしばらく画面を見つめて立っていた。

この台詞をどう判断すればいいのか？

彼女には芝居がかったところがあって、ことさら事態を深刻にわめき立てるのが好きだった。これも傍《はた》迷惑に利翔を振り回そうとする伝言に過ぎないのか？

（そうかもしんねえけど、それにしちゃ……）

彼女の声は必死過ぎた。あの我儘女がこれほどまでに切羽詰まって利翔に縋《すが》る。しかも、自分のことではなく『あのひと』とやらのために。

(でも、どっちにしてもあの女らしいよな。オレの迷惑はぜんぜん考えちゃいねえ訳で)

ともあれ、こちらも佐光との仕事の最中ではあるのだし、留守電一本聞いたくらいでこの場所を離れる気はない。

利翔はひとつ舌打ちしてから、メイランに電話をかけたが、相手先との回線は不通であるとのメッセージが流れるだけで彼女には繋がらない。

「ち。面倒くせえ真似しやがって。自分勝手なバカ女。てめえの都合でこの世の中が回ってんじゃねえんだぞ！」

ひとしきりメイランを罵《ののし》ってから、利翔はポケットに携帯を落としこんだ。

(馬鹿馬鹿しい、あんな伝言知るもんか。なにが『あたしはどうなっても』だ。大袈裟に言い立てといて、次に会ったらけろっとしているんだろうが)

利翔は自分の腕時計に目をやった。二時間あれば、横浜から新宿まで行って帰るのには充分だ。

佐光はなにをしていてもかまわないと利翔に言った。ちょっと出かけて、それでなにもないとわかれば済む話ではないだろうか。

(……なんて訳ねえ。いまは業務の真っ最中だぞ)

彼はあまり遠くには行かないようにとも命じているのだ。その佐光に電話して「昔の女が気になりますんで、ちょっくら新宿まで行ってきます」なんてことを伝えられるはずもない。

(行かねえ。オレは絶対行かねえ)

なのにどうして足が勝手に駅のほうに向かうのか。

──なにがあろうと業務放棄はプロの恥だ。

そう言った佐光の声が脳裏に響く。

自分はいま業務中で、横浜から離れてはいけないとわかっている。それなのに、なぜ我儘な女の言葉に引きずられ、あやういところに踏み出すのか？

(そんなん知らねえ。オレはただ……)

──こんなときにあんたしか頼めるひとが見つからないの。

馬鹿な女だ。そして寂しい、可哀相な人間だ。何年か前に、数回セックスしただけの利翔しか頼るやつがいないというのか？

あれだけ綺麗《きれい》な顔と身体を持っていて、ちやほやしてくれる男だって星の数ほどいただろうに、困ったときに助けてくれる友だちがたったひとりもいなかったのか？

(傍迷惑なクソ女。てめえなんか心配してねえ。どうせトゥーランドットに出向いたら『あんた、あれ本気にしたの？』とぶん殴ってやりたいくらいむかつく台詞を吐くんだろうが)

心中で舌打ちし、しかし利翔の足はどうしても止まらない。

（なんでオレなんかに言うんだよ。あいつにもしも佐光みてえな知り合いがいるんなら、そっちを頼りゃいいんだよ）

しかし利翔がそう思えるのは、自分の背後に佐光の存在があるからだ。自然に頼れる相手として、彼の姿が脳裏に浮かんでくるからだ。

（なのに、メイランは……なんてことを思っちゃいねえ。あいつはあいつ、オレはオレだ。確かにそれはそうなんだけど……）

横浜から新宿まで、利翔が自問を繰り返しつつたどり着いたその店は、しかし営業前だった。雑居ビルの三階にあるトゥーランドットは会員制のクラブのようで、この街には詳しい利翔もここがどういう種類の店か判断できない。

（チッ。やっぱ無駄足か！）

空振りさせられて安堵した自分にも、いまごろどこかでのうのうと遊び呆《ほう》けているはずのメイランにも怒りを感じる。むしゃくしゃした気分のままにドアを靴で蹴《け》りつけたとき。

「ちょっとあんた、なにすんの！」

きつい叱声《しっせい》に振り向くと、腰に手を当てた女が通路に立っていた。女の目線は利翔のそれよりはるかに上で、身体にぴったりしたミニドレスに踵《かかと》の高いブーツという格好だった。

「このガキ、鞭《むち》でしばかれたいの!?」

どすの利いたこの台詞は彼女には猛烈に似合っていた。腰まである黒髪の超美人が発する怒気に、利翔は内心怯《ひる》んでしまう。

「あ、その」

利翔が頬を引き攣《つ》らせると、彼女は尊大なまなざしでこちらを頭のてっぺんからつま先まで眺め下ろした。

「あんたこの店になんの用？」

「オレはここに来るようにメイランに頼まれたんだ。あんたが彼女の言ってたひとか？　トゥーランドットの紫なのか？」

彼女の威厳と迫力に押されはしたが、口早に問いかける。すると、彼女は表情を晦ませてうなずいた。

「確かにあたしは紫って呼ばれてるわね」

（……ほんとにいたんだ。だったら、あの電話で言ったのは冗談でもなんでもなくて……？）

さっきまでの怯みは消え失せ、強い緊張感に包まれた利翔を眺め、紫が厳かにのたまった。

「ついてきなさい。躾《しつけ》のなってないガキだけど、立ち話もなんだしね」

紫に続いて利翔が入ったトゥーランドットはかなり高級な店のようで、受付はリッチなホテルのフロントを思わせる構えだし、ロビーも同じく凝った作りの待合スペースになっている。しかし、ここでの客は互いの顔を見ないで済むよう半個室のソファセットで待っている流れらしく、彫刻が施された衝立で仕切られた空間はやはり普通の店とは違って、いかがわしい気配があった。

「きょろきょろしてないで、そっちにお座り」

紫が顎《あご》で場所を指示する。女王様のご下命には逆らえず、待合に置いてあるソファに座ると、紫は利翔のすぐ前に仁王立ちし、剣呑《けんのん》なまなざしで見下ろしてきた。

「フ…ン。いじめがいのありそうなガキだこと」

「それはもういい。あんた、メイランの知り合いか？」

脅し交じりの声をさえぎり、性急に問いかけた。利翔はいま、佐光の約束を破った結果、ここにいる。一刻も時間を無駄にできないのだ。

焦る気持ちを押し隠しクールな口調を装ったつもりだが、紫は歯牙《しが》にもかけなかった。長く濃い睫毛《まつげ》の下から利翔の顔を睥睨《へいげい》し、フフンと鼻でせせら笑う。

「メイラン、ね。そんな名前の女なんて聞いたことないわねぇ」

「じゃあなんでオレをこの店に入れたんだ？」

「可愛げのないガキを懲らしめてやろうと思って？」

言葉ばかりのことではなく、本気を滲ませて紫が告げた。しかし利翔は臆《おく》さずに、物騒な気配を漂わせる彼女を見あげる。

「メイランを知らないってなら、今度は美恵《みえ》って言い直そうか？　もったいぶる時間が無駄だろ。あんたはメイラン、もしくは美恵を知ってるさ。あいつがこの店とあんたの名前を言ったんだから」

するとと紫は両肩を軽く持ちあげ「あの娘《こ》がそう言ったんなら、そうかもね」とそれを認める。

「メイランじゃなく、美恵のことなら知ってるわ。あの娘は他になんて言ったの？」

「あんたに預けてあるものを受け取れって。そんで『あのひと』をオレに守ってほしいって」

「あのひとって、誰のこと？」

「それはわかんねんだけど。その預かったってやつを見れば、なにか手がかりになるかもな」

「あたしが美恵から預かった……」

紫は腕組みをして考えこむ様子になった。ややあってから、面をあげるや「ちょっと待ってて」と奥のほうに歩いていき、しばらくのちに戻ってくると利翔に封筒を掲げてみせた。

「あの娘と最後に会ったとき、あたしの執務室にこれを置いといてくれないかって頼まれたのよ。変なこと言うわねって思ったけど、なんとなく断れなくて机の引き出しに入れたまま忘れてたわ」

「あんたの執務室？」

何気なく問い返したら、紫が唇の両端を引きあげた。

「そ。豚どもに謁見《えっけん》するあたしの部屋よ」

ひと呼吸するあいだに、利翔はここがどういう店で、彼女がどんな仕事をしているのか知った。威厳と迫力があるのも道理。彼女はＳＭの女王様だったのだ。

（ふん、なるほどな）

幾分驚きはしたものの、その手の話には慣れっこの利翔である。ああそうかと受け流し、彼女が真っ赤なネイルの先に摘《つ》まんでいるものを取ろうとした。

「……っ⁉」

しかし、彼女はひょいとその腕をあげ、利翔に空を摑ませる。

「そいつを寄越せよ」

「あら。あんたに渡してやるなんて言ったっけ？」

遊ぶなと睨みつければ、彼女が白々しくそう返す。

「これが欲しけりゃあたしの聞くことに答えなさい」

えらそうな態度にはむかつくものをおぼえたが、女を殴って奪い取る訳にもいかない。やむなく利翔はうなずいた。

「あんた、名前は？」

「利翔」

「なんか随分ガキっぽいけど、もしかして美恵のヒモ？　あの娘と寝てんの？」

「ヒモじゃねえ。昔は寝たけど、数回限りだ」

「こんなお使いするってことは、あんたあの娘に惚《ほ》れてんの？」

「一ミリも惚れてねえ」

「ならどうしてよ？」

「言っただろ。頼まれたんだ」

メイランはあんたしか頼めるひとがいないと言った。そして、利翔は彼女を守っている最中にその言葉を聞いたのだ。

「惚れてもない女から頼まれてほいほいお使いを引き受けるほど、あんたは気のいいガキには見えないんだけど」

「ほんとにそうだからしゃあねえだろが。それと、オレをガキって言うな」

利翔と紫は互いに険悪な顔つきで睨み合った。

（ただでさえあせってんのに、つまんねえ台詞のやり取りで伸ばすなよ）

それより彼女が持っている封筒になにがあるのかすぐにでも確認したい。これ以上もったいぶるなら、力ずくでも寄越してもらう。そんな想いを目つきにこめれば、紫がフンと鼻を鳴らして吐き捨てる。

「……嘘ついていないっぽいのが気に食わないわね。いつどこであの娘から頼まれたのよ」

利翔は少し迷ってから、言えることだけ言うことにした。

「オレはいま、警備関係の仕事をしてて、そいつの絡みでメイランが旅行するあいだだけ守ることになったんだ。その旅先で、あいつが頼んできたんだよ」

「あんたが美恵を守ってたって？」

信じられないというように紫は大きく目を瞠《みは》る。

「オレの業務がたまたまそれだったんだ。でもあんときはあいつからの頼まれごとをきっちり断ったんだけど」

「だけど？」

利翔は誰にも言うなというメイランの伝言を思い出した。

「オレからはこれ以上詳しいことをしゃべれねえんだ。メイランに許可取ろうにもあいつに電話が繋がらねえし」

「美恵に電話が繋がらない……？」

「ああそうだ。あんたのほうから連絡方法はねえのかよ？」

紫が硬い表情で首を振る。

「いっさいないわ。美恵とは別れてそれっきり。ふられた相手にしつこくするほどあたしも落ちちゃいないしね」

「あんた、あいつとつきあってたのか⁉」

この事実は意外だったが、紫が続けた内容はいかにもメイランが言いそうなものだった。

「しばらくのあいだだけね。あたしは美恵が好きだったけど、あの娘には結婚願望があったから。もっとこの世界でのしあがって、いずれ金持ちを摑まえてリッチに暮らすからバイバイって。そういう娘だって、あたしもわかっていたけどね」

紫が肩をすくめてみせる。利翔も「ああ」とうなずくよりほかなかった。

「それはともかく、あんたあの娘の力になってあげるでしょ？　あたしも豚どもを働かせてあの娘の周りの状況を摑んどくから。なにかわかったら報せるわ」

「ちょい待てよ。オレがメイランの力になると思ってんのか？」

ムッとして返したら、紫は手に持っていた封筒を利翔に渡してにやりと告げる。

「思ってるわよ。そうでなきゃ、あんたみたいなガキがここまでくるはずないでしょ」

自信満々に言いきられ、しかし利翔は反論できない。

唇を曲げながら手紙をポケットに突っこむと、微妙にばつが悪い想いで利翔はソファから立ちあがる。出口に向かい、ドアの前まで行ったとき、つぶやく声が背後で聞こえた。

「美恵は……ほんとに馬鹿な娘ね……ガキの使いを寄越してさ。あたしが……」

さっきまでとは打って変わってか細い声音が耳を打つ。

紫にかけるべき言葉が思いつかなくて、利翔は黙って店を出た。

彼女がメイランと最後に会って、おそらくは別れ話を告げられたとき、どうしてふざけるなと怒りもせずに封筒を受け取ったのか。頼まれるままそれを自分の執務室に置いていたのか。

紫はいつかメイランがそれを取り返しに来ることを期待していたのではないだろうか？

やがてメイランがおのれの野望を叶《かな》えるために、金持ち男と結婚してしまったあとも。

誰なのかは不明だが、メイランが『あのひと』を本気で好きになったあとも。

(『こんなときに頼むひと』がおまえにはいたじゃんか)

それに気づかないメイランは馬鹿な女だ。そして寂しい、寄る辺《べ》ない人間だ。

けれど……と利翔は考える。

どれほどの人間がじょうずに世渡りできるのか。孤独を感じないままに生きていけるというのだろうか。

おのれのこだわりは捨てられず、相手が自分を好きになれとばかりを望む。

自分が傷つかない距離をへだてて、相手が欲しいとかたちばかり手を伸ばす。

そうしていつまでもひとりぼっちのままでいるのだ。

(でも、オレも……)

ひとのことなど言えはしない、利翔もきっとそうした馬鹿で孤独な人間のひとりだろう。

駅への道を急ぎつつ、利翔の頭にダークブラウンの髪をした男の姿がよぎって消えた。

早く横浜に戻ろうとする利翔の思考は、佐光をベースとするものだ。戻る。帰る。これは佐光を軸にして生まれる想いだ。

彼に背き自分の我を通しておいて、自然にそんなことを思う、利翔は本当に度し難いほど愚かな男に違いなかった。

◇　◇

電車に乗って横浜へ向かう途中で、利翔は紫に手渡された封筒を開けてみた。なかにはタグのついた鍵。それと、名刺が一枚あった。『ストックボックス』と印刷してある名刺の住所は銀座だが、なにをしている会社かはわからない。ならばと携帯で検索してみると、そこは私設私書箱を運営する会社であり、どうやらこの鍵はそこのメールボックスを開けるために使うらしい。

（メールボックスに入れてあるものを見ろってか？）

それがなにかは不明だが、わざわざ確認しに行く暇も、気持ちの余裕もありはしない。電車が横浜についたとき、ここを出てから二時間近く経っていて、佐光からの連絡はなかったものの利翔は気が気ではなかったのだ。

改札口を抜けてまもなく携帯の着メロが鳴り、利翔は心臓を跳ねさせながら電話に出た。

「あ、オレ……うん。いまは駅前あたりにいる……そっか、んじゃこのあたりに待機してて、あんたたちの姿が見えたら後を追うから」

通話を終えると、おぼえず長いため息が出た。佐光は聡《さと》い男だから彼をごまかすのは容易ではないだろう。いまはなんとかしのいだが、この先少しでもおかしなそぶりを見せたらアウトだ。

(メイランの手紙を見に行くつもりなら、佐光に話しゃいいんじゃねえの?)

そう考える端からそれはしないと思う。

オレは佐光の飼い猫じゃねえ――そんなふうに突っ張る気持ちは薄れているが、メイランは誰にも言わないでと頼んだのだ。

あの女に連絡がつき、無事でいるとわかったら、佐光に事情を話してあやまる。もしも許してもらえずに放り出されることになっても、いっぺんはきっちりと詫《わ》びを入れる。

(それまでは、佐光に言わない。あいつに内緒でメールボックスを確かめるんだ)

ストックボックスにたどり着けば、その後に利翔が採るべき途《みち》も決まるだろう。


そののち呉は事もなく老人ホームに帰り着き、佐光がSSCに報告の電話を入れると、今日の業務は終了の運びとなった。

「お疲れさま。帰ろうか?」

佐光はいつもと変わりなくソフトに利翔をうながした。あまり神妙にしているのも変だろうしと、利翔はやれやれというふうな様子を作る。

「裏の顔だなんだって、あんたがえらく大げさに言った割にどうってことなかったな」

「まあそうなんだが、大過なく終わればそれがいちばんだからね」

「今日はもう仕事はねえのか？」

「いちおうは。どこかで夕食の惣菜《そうざい》でも買って帰ろう」

日常の範囲を出ない佐光の台詞と、悠揚として迫らぬ態度に、利翔は新宿へ行ったことがばれていないと確信し、ごくさりげなく自分の目論見《もくろみ》を告げてみる。

「ああっと、その。だったらケーファーの生ハムが食いてえな」

「銀座のか？」

「ん。あそこのプロシュートは美味《うま》いから。ちょっと高いけどいいだろう？　あんたとの最初の業務がうまくいった記念だし」

利翔の言葉に疑う気ぶりも見せないで「ではそうしよう」と佐光がうなずく。利翔は喜ぶ顔をして、次の手立てを考えた。

（あそこならこの時間はひとが多いし、どっかで佐光を撒《ま》けんだろ。問題は、いったんこいつと別れるための理由だな……）

そうして行ってみたデパ地下は、思ったとおりに混雑していた。買い物客で賑わうフロアのなかほどまで進んだとき、利翔は佐光に「ちょっとションベン行ってくる。あんたはここらで待っててな？」とそう断ってこの場を離れた。

(ここからダッシュで行ってくりゃ、十五分くらいで戻れる)

利翔の計画ではこのあと『ストックボックス』に駆けつけて、メールボックスのなかを見てくるつもりだった。

佐光への言い訳として――じつは腹痛で便所に籠《こも》っていたんだ――を用意している。

地下のトイレは混《こ》んでいたから上階に場所を移した。携帯が鳴っていたのは知っていたが、出るどころじゃなかったから。心配かけて悪かったけど、いまはなんとか落ち着いた。

ここは利翔の演技力が試される場面だが、なんとしてもここは乗りきるつもりだった。

(私書箱を開けてみたら『まんまと騙されたわね。利翔の間抜け』と書いてあってても別にいい)

むしろそのほうがずっといい。それでこの件が終わるから。

(メイランの問題が片づいたなら……)

いまのように佐光に嘘をつかなくてもかまわないのだ。佐光は利翔を許さないかもしれないが、たとえそうでも彼の目を見て本当のことが言える。あんたに背いて悪かったとあやまることができるのだ。

フロアの客たちをすり抜けて素早く通路を進みながら、利翔の脳裏にかつての会話が甦る。

――死んだのはこいつが弱かったからだ。

――やめなさいよ。それ死んでるのよ、気持ち悪い。

二年前にあの公園でそんな台詞を吐きながら眉《まゆ》をひそめていた彼女のほうが、利翔にとっては納得できる。『すぐに引っ掻《か》く痩《や》せっぽちの野良猫みたい』な利翔に縋るメイランなんて似合わない。走っていって、それをちょっと確認したら、すぐに佐光のところに戻る。そうして――……。

混雑しているデパートの地下から一階に移動して、出口の見える場所まで来たときだった。背後にふっとなにかの気配を感じて振り向く。

（……っ⁉）

人波から抜きん出た長身は利翔の視界にダークブラウンの頭髪を映し出す。利翔は一瞬おのれの目を疑った。

（まさか……佐光に尾行《つけ》られていねえのは、確かめたはずだったのに……）

いまから逃げても無駄だと本能が告げている。

凍りついて立ちすくむ利翔の許に佐光は大股《おおまた》に歩み寄り、こちらを見下ろして微笑んだ。

「トイレはもう済んだのかい？」

「あ……オレは、その」

なにか言い訳を探そうと視線を揺らした利翔の肩に佐光がそっと触れてきて、歩くようにうながした。

「ここに突っ立ったままでいると邪魔だからね。それにしても、きみはやはり勘が鋭い。私は尾行に気づかれたことなんて、ほとんどおぼえがないんだが」

◇　◇

後悔なら山ほどしている。急いで動こうと思わずに、明日佐光がマンションの部屋を出ていくのを待って、利翔も出かければよかったのだ。

なのにあせる心のままに動いた結果、まんまと佐光に尻尾を摑まれてしまった訳だが、それでもまだ利翔はあきらめていなかった。

（まだメイランのことについてはバレてない。なんとかごまかしてメールボックスのところまで行く）

それも、できるだけ早いうちに。しかし、そう思った端から利翔の脳裏に警告のランプが点《とも》った。

（それでますます佐光の機嫌を悪くするつもりなんかよ？　こいつが本気で怒ったら、鎖骨を嚙まれるくらいじゃあすまねえぞ）

利翔はいまも嚙み痕《あと》が残る場所を手で押さえ、隣の男を横目で窺《うかが》う。

彼は表情を晦《くら》ませていて、外面からは内心を読み取るすべはなかったが、利翔に対してやさしい気持ちでいるはずもない。

(たとえ佐光からぶん殴られても本当のことは言わない。仕事が無事終わったから、ちょっとふらつきたくなっただけ。昔のクセが出て悪かった。今度からは気をつけるって、しおらしくあやまるんだ)

悔いているふうな態度を見せて、その場をしのごうと思いつつ、しかし利翔は胸が痛くてしかたがなかった。

本当は佐光にだけは偽りを通したくない。けれども、メイランのことを思うと、ありのままを彼に言うこともできないのだ。

(佐光はどこまで気づいてる？　どうやればごまかせる？　……そんでもこいつをごまかすなんてできんのか？　これ以上嘘をつかずに打ち明けたらどうなんだ？　……でもそれはぜってえ駄目で……)

佐光の思惑が気になるし、自分の心も定まらないしで、しばらくのちにふたりが帰宅したときは、あまりにも葛藤し過ぎてへとへとになっていた。

「今日はいろいろ疲れたろう？　まずはシャワーを浴びてきなさい」

ふたりきりになったらすぐにも詰問されるかと予期していたが、佐光は鷹揚《おうよう》にそんなことを告げてくる。利翔はバスルームに行きかけてその足を留めると、神妙な面持ちで口をひらいた。

「その。今日は勝手にふらついてて悪かった。業務が終わって、やれやれって思ってたから、ちょっとばかり気が緩んじまったんだ。ほら、ここんとこ講習ばっかで自由に動けなかったからさ」

利翔の言い訳を佐光は黙って聞いていた。それからおもむろに「そうか」とつぶやく。

「それで、どこに行く気だった？」

「えと、別にどこって目当てとかはなかったけど。ただ意味もなくぶらついてみようかって」

「きみが二時間待機をしているはずのあいだに、新宿に行ったみたいに？」

利翔は愕然と目を瞠った。

「どうして、それ……」

おぼえずそう洩らしたのは失敗だったが、どのみち佐光には確信があったのだろう。しらを切っても無駄だとあきらめ「なんで知ってる？」と言い直したら「きみの携帯にはＧＰＳ機能がある」と告げてきた。

「オレを監視してたのかよ？」

「監視ではない。きみのフォローをするための措置だった」

この段で利翔は事態を完全に把握した。自分のしたことは完全にバレている。このあとはごめんなさいと頭を下げるか、それとも……。

ひと呼吸して、利翔はおのれの心を決めた。できるだけ嫌みっぽい口調を作り、

「へぇえ。そんじゃおえらい佐光さまはどんなフォローをしてくれるつもりだった？　ふたりで組むつったって、オレなんか最初っから数に入ってなかったもんな！　お荷物が面倒を起こすのを予想してて、紐《ひも》つきにしてた訳か⁉」

ここは佐光に逆ギレして、彼を怒らせるつもりだった。

それで二、三発食らったら今度はあやまる。自由時間ができたから、ちょっと古巣の様子を見に行きたくなった。考えなしに行動して悪かった。

そんなふうに持っていく計画は、しかし佐光の静かな声音に覆される。

「そうやって毛を逆立てて私を威嚇しなくていい。私はきみの敵ではないから」

少しも怒りの交じらない佐光の気配は、計算ずくで事を運ぼうと考えていた利翔の心を軋《きし》ませた。

「敵じゃないって……なんのことだよ」

佐光は肉体と同じように、その懐も大きくて深いのだ。こちらがなにを言ったとしても、おそらく彼は苦もなくそれを受け止めてくれるだろう。

「きみがかかえているものを私も分け持つ覚悟があるということだ」

「オレは……なんも、かかえてねえし」

震える声で言いながら、彼の前ですべてを打ち明けたいという強い衝動に駆られている。

自分がそうしても、いったいなにが悪いのか？　つまらない突っ張りを捨ててしまえば楽になるのに。

「以前、私は——きみなら汚い仕事もできると思った——と言ったろう？　あれは、きみとならそうした仕事も一緒にできると考えていたからだ」

わざと利翔がうれしがるような台詞を述べているふうではない。佐光はむしろ淡々と自分の気持ちを明かしてくる。

「SSCの仕事を続けていくうえで、私もいずれはパートナーが必要かと感じていたが、だからといって誰でもいいという訳ではない。妙な正義感を振りかざす相手などごめんだし、粗暴なだけの男も嫌だ。汚い仕事に手を染めても卑劣に堕《お》ちない人物がいい。それに当てはまるのが、もしかしたらきみかと思った」

「……オレは、だって、あんたみたいなすげえ男と釣り合うようなもんじゃねえし」

「私はちっともすごくないよ。いい歳をして仕事を選ぶ我儘を通しているし、部屋は片づけられないし、できる料理はハムエッグと茹《ゆ》で卵だけだしね」

佐光があえて自分を落として、利翔の引け目をなだめようとしてくれる。それがわかって、しかし利翔はますます混乱してしまう。

（そんなふうに思われていたなんて、考えもしなかった）

佐光は自分の敵ではない。彼のパートナーとして必要とされている。

そう聞かされても、いまいち実感が持てないのだ。戸惑った顔つきで黙していれば、佐光が言葉を加えてきた。

「きみはこの仕事に必要な核をすでに持っている。スキルに関してはこれから幾らでもおぼえられるが、それはなかなか得ようとしても得られないものだからね」

「……核ってなんだ？」

「善悪に関わりなく相手を守ろうとする心。綺麗ごとではなく、その裏の真実を見抜こうとする視線だよ」

（オレはそんなにいいもんじゃねえ）

その言葉は、しかし利翔の喉《のど》から出てこなかった。

佐光はおそらく自分を買いかぶっている。けれども、そうありたいと利翔はとっさにそれを願ってしまったのだ――彼が思ってくれたような自分自身でありたいと。

「私の言葉をすぐに信じてくれとは言わない。だけど、せめて私に嘘はつかないでほしいんだ。プライベートを全部明け渡せと言うんじゃない。業務に関することだけだ。きみはSSCの講習を受けた際に、なにかトラブルに見舞われていたんじゃないのか？」

「オレは、別に……」

利翔は視線を逸らしてつぶやく。さすがに佐光を見返すことはできないが、それでもメイランに関する事情を打ち明ける気持ちにはならなかった。

（ちっくしょう。オレは馬鹿だ）

これほど誠意を見せてくれた男に対して、なんの強情を張り続けているのだろう。彼に話せばメイランのことだって、きっともっとスムーズに解決するに違いない。

なのに、利翔の脳裏にはたったいまも殺されたあの猫と、弱い目をしたメイランが重なって浮かんでいる。

そして、佐光に甘えて縋る利翔の姿も。

（……やっぱできねえ）

利翔はおもむろに顎をあげると、不敵に肩をそびやかした。

「トラブルなんかなにもねえよ。講習はばっちしだった。あんたのとこにも報告書が届いてねえのか？」

かち合う視線の向こう側で、佐光がまなざしを強くした。

「それではあくまでも私には言いたくないと？」

「あくまでももへったくれもねえ。オレは別にトラブルなんか、かかえてねえしな」

佐光を信じない訳ではない。彼の誠意も力量もわかっている。ただ……ちっぽけなプライドがおのれの耳にささやくのだ。

どんなに佐光が優れていても、相手に自分の荷物を預けて、それで終わりにしたくないと。

「小塚《こづか》くん」

佐光の声にビリッと身が震えたが、利翔はどうにか持ちこたえた。

「んな怖い顔しなくても。いい男が台無しだぜ」

利翔は足を進めていって、間近から相手を見あげる。

「これでも反省してるんだ。今度からはもっと真面目にやるようにするからさ」

佐光は唇を引き結び、利翔の顔を見返したのち、ため息を吐きだした。

「きみがそういう気持ちでいるなら、罰ゲームをしてもらおうか。決めごとを破ったら、そうする約束をしていたろう？」

佐光は利翔が彼を欺いていた罰に、出した命令を聞くように言っているのだ。

「いいぜ。なんでもしてやるよ」

虚勢を張って利翔は平然とうなずいた。なにを言われるか身構える心持ちだが、どんなことにも応じてやるつもりはあった。たとえどんなに屈辱的な指示だろうと、決して逃げずにやり通す。

「では、きみがかかえているものを、この私に打ち明けろ」

ハッと利翔は目を瞠る。なんでもとは言ったものの、佐光がこう出るとは思わなかった。

「それはっ……ずるいぞ」

「ずるくはない。きみはなんでもと請け合っただろう？」

さあ話しなさいとうながされ、利翔は進退に窮してしまった。

（オレは……どうすりゃいいんだよ……？）

揺るぎない男の眸に見つめられるとどうしようもなく気持ちがぐらつく。

佐光のことを裏切ったのも、罰の話を持ち出すようにさせたのもの利翔だった。

本当ならばもっと佐光は怒ってもいいはずなのに、そんな気配はかけらもなく、こちらのかかえているものを理解しようとしてくれている。

（嫌だ……オレを、そんな目で……見るんじゃねえ）

佐光には突っ張りも言い訳も通じない。このままでは絶対に負けてしまう。

「さあ話しなさ……!?」

これ以上どんな言葉も聞きたくなくて、利翔はごく衝動的に彼の胸倉を摑み寄せ、自身の唇で口を塞いだ。

こんなことでごまかせる訳もない。どうせあっさり拒否される。しかし、佐光は利翔を引き剝《は》がすことはせず、シャツの胸元を握られたまま同じ姿勢を変えていない。

（なんで平然としてんだよ）

自分でしておきながら、むしろ動揺しているのは利翔だった。佐光のほうは利翔とのキスなんか歯牙にもかけていないように、ただじっと佇んでいる。それが無性に癪《しゃく》に障って、利翔は（見てろ）とつま先立って深いキスを彼に仕かけた。

「……んっ」

自分のよりも厚みのある下唇に吸いついて、前歯に舌を這《は》わせると、そこが少しばかり緩む。できた隙間から舌を入れて、湿った内部をそれで探ると、いままで反応を示さなかった佐光がわずかに身じろいだ。

（ちょっとは感じたか……？）

けれどもこの程度のキスごときでは利翔への追及を緩めてはくれないだろう。切羽詰まって口を塞ぎはしたものの、このあとはどうすれば迷ってしまう。

「ん？　ふ、んん……っ⁉」

薄い舌で佐光のそれを突《つつ》いていたら、ふいに身体を抱き寄せられた。腰に回した腕でぐっと引きつけられて、より唇が深く重なる。あっと思ってとっさにのけぞろうとすれば、後頭部を大きな手のひらで押さえられた。

（う……嘘……っ）

佐光がこんな反応を示してくるとは想像していなかった。利翔が唇を離したらそれで終わりと思っていたのだ。なのに彼は利翔の身体を抱き締めて、激しく唇を貪《むさぼ》ってくる。

「ん……うっ……」

これまでにディープキスなら幾らでもした。互いの体熱を高めていくような激しさも、ねっとりと淫靡《いんび》に巻きつく舌の動きも、唾液《だえき》を啜《すす》りつくすようないやらしいやりかたも、すべて経験済みだった。

男にキスされたことだって、じつはこれが初めてではない。あとで殴ってやりはしたが、たまにゲイの男から唇を奪われることだってあったのだ。

キスごときに翻弄《ほんろう》される利翔ではない。そんな初心《うぶ》な男ではないはずなのに、佐光の胸に包みこまれて、厚みのある舌で口腔を掻き回されると、頭の芯がぼうっとしてくる。

（くそぉ。なんで、こんな……）

自身の身体が思ったとおりに動いてくれずに、深いキスに呑みこまれていく。

舌を吸われ、唾液を啜られ、まるで佐光が利翔のことをすごく欲しがっていたみたいに、なにもかもを奪おうとしてくるのだ。しかも、こんなにも激しいのに、この男に抱かれていると、なぜか妙な安心感が生まれてくる。

いままで利翔は、女とキスをしているときも、セックスをしているときも、警戒心を緩めたことは一度もなかった。

裸を晒《さら》し、快楽を追い求めているときは無防備な状態になる。だからこそ、どんなに濃いキスやセックスをしているときでも、頭の芯は醒《さ》めたままでいたのだった。

それが、こうして佐光とキスをしていると、どんどん自分が溶かされていく。

これじゃ駄目だと佐光の腕に爪《つめ》を立てれば、まるで利翔が大切なもののように頭の後ろを撫でてくるから、まんまとそれにはまってしまって抵抗する気がしなくなる。

佐光の胸でどれくらいキスを交わしていたのだろうか、ようやく彼が唇を離したとき利翔は目の前がちかちかしていて荒い息を吐くことしかできなかった。

「さあ……これで終わりなら、罰ゲームをしてもらおうか？」

佐光のキスで濡《ぬ》らされた唇を、指でそっと拭《ぬぐ》われる。その仕草にも震えが生じはしたけれど、利翔の意地はまだ消えていなかった。

「終わりじゃねえ。まだこっからだ」

利翔は佐光の腕を引くと、ソファのところに連れていった。

立っているとこちらはどうしても下からの体勢になる。これでは不利だと気がついて、相手が自分に逆らわないのをいいことにソファに座らせ、利翔のほうからのしかかる状態に持ちこんだ。

「小塚くん⁉」

今度の声は利翔を圧するものではなく、戸惑う気配が強かった。

「なんかオレを買いかぶってくれちゃったみてえだし、うんとサービスしてやるよ」

そんな自分ではないのだと佐光に知らしめるように、皮肉交じりの顔で嗤《わら》う。

「感謝しろよ。舌だけで女を達かせるこのオレが、あんたのやつをしゃぶってやろうって言うんだから」

佐光の腿《もも》に自分の膝を乗りあげて、上から目線で言ってやる。めったに動じない男の顔が惑いを孕《はら》んだものになるのが、ものすごく気持ちよかった。

「きみはこれまでにも男とこんな……」

言いかけたのを自分の唇で塞いでやる。舌は入れずにすぐに離して「野暮な真似すんなよな」と余裕ぶって告げはしたが、じつのところ男のそれをしゃぶったことなど一度もない。実際にやろうとしたら無理だとなるかと思ったが、姿勢を変えて彼の足元にうずくまったらためらいはなくなった。

「あんたはじっとしてりゃいい。オレがちゃんと扱《しご》いて、しゃぶって、出させてやっから」

金具を外し、スラックスの前立てをくつろげると、下着をずらしてそれを握る。

(……でかいな、おい)

摑み出した佐光の性器はすでに芯を持っていて、予想よりも大きかった。こんなのが口に入るかと怯んだが、さっきのキスで佐光が兆していたと思えばちょっとした優越感が湧いてくる。

「オレとキスして感じてたんだ?」

揶揄《やゆ》してやろうと上目遣いに佐光を見て、とたんドキンと胸が鳴った。

(う……)

佐光は困ったような顔をして、なのにそのまなざしには熱がある。利翔はカッと頬を赤らめ、急いで視線を手元に落とした。

「もっ、もの欲しそうに見んなよ、バカ」

「それはすまない。……やりにくいか？」

「そんでも、ない、けど」

口のなかが急速に乾いてしまって、出す声がしわがれた。自分が佐光を意識し過ぎていることは感じるけれど、それも無理はないと思う。

（だって、目の前にはコレがあって、顔をあげたらあんな目で見てるって……）

この状況ではどうしたって平気ではいられない。どきどきしながら握ったものの先を舐《な》めたら、それがまた大きくなった。

「ん……ん……っ」

野郎の性器をしゃぶるなんて絶対ごめんだと思ってきたのに、佐光の持ちものを舐めるのは意外なことに嫌ではなかった。

佐光が利翔に最も弱い男の部分を預けている。自分に対して無防備になっている。

そう思ったらうれしくなって、もっとここを感じさせて、夢中にさせてやりたくなった。

「ん、ふ……っ」

なめらかな先のところをぺろぺろと舐めまくり、それからつうっと根元のほうまで舌を這わせる。

フェラのテクに関しては、フーゾク勤めの女の世話になっていたとき実体験したこともあり、知識だけは充分あったが、佐光のは大き過ぎてそれが充分活かせない。軸を咥《くわ》えて吸おうにも、先のところを口腔に含むだけが精いっぱいで、顎がだるくてしかたがなかった。

「苦しそうだな……もうやめるか？」

利翔の髪を撫でながら、わずかにかすれた声が問う。その響きが腰にくるほど色っぽくて、利翔の股間《こかん》に疼《うず》きが生じた。

（くそぅ。なんでオレまで）

しゃぶっているのは佐光のなのに、どうして自分の中心まで反応するのか。

（男のを咥えて勃つとか、おかしいじゃんか。オレはぜってぇゲイじゃねえのに）

おのれの示した反応にあせって動きを留めたら、佐光が腕を伸ばしてきて、利翔の頬と顎とを撫でる。

その手つきがまるで飼い猫をあやすようで、少しばかり面白くない気分の利翔は佐光のそれに歯を当てた。

「……っ！」

（ざまあみろ……って、え……っ⁉）

痛がるかと思ったのに、佐光の分身はこの刺激で体積を増やしてしまった。口のなかで大きくされて、たまらず利翔の喉が鳴る。

「ぐ……っ」

これはたんに生理的な反応でしかなかったが、佐光は「もういい」と利翔の頭を自分の股間から乱暴にならない仕草で押しやった。

「吐きそうなのを我慢してまでしなくていい」

佐光は利翔がプレスしたハンカチをポケットから出してきて、それでべたべたになっていた口の周りを丁寧にぬぐってくれる。

「それできみの隠しごとだが、本当はどうなんだ？」

「あんなあ、あんた。この状況でそれ聞くか？」

冷静なのがむかつくと、佐光のものを握ってやろうと手を伸ばしたが、腕で軽くブロックされた。

「なんだよ、擦ってやらなくていいのかよ？」

「もう少しすれば治まる」

「無理だろ、そりゃ。そんだけチンポでかくしといて」

こちらは初フェラまで披露してやったのに、佐光は利翔のサービスはいらないというそぶりを見せる。

それに落胆したふうになるのが嫌で、利翔はあえて嫌みっぽく指摘した。

「オレにしゃぶられてよさそうにしてたじゃねえか」

「そうだね、だけどこういうふうなサービスは……っ⁉」

佐光の腕をかいくぐり、ふたたび男のそれに吸いつく。

「こらやめなさい」

引き剝がそうとするのに逆らい、彼の根元を握り締める。今度は深く顔を伏せ、先端を口いっぱいに含みながら、指で根元を擦りあげた。

「んっ、ん……む、ん、う……ぅっ」

限界まで口をひらき、できるだけ奥のほうにそれを含んでみたものの、佐光はいっこうに達ってくれる気配がない。握った根元を必死に擦ってみても駄目で、このままいけば「はい残念。それではしゃべってもらおう」となるのは目に見えていた。

（そそこには感じてんのに。やっぱオレじゃ達けないってか⁉）

このへんの思考はすでに身体でごまかす作戦からずれている。しかし、利翔はそうしたことに気づく余裕がなくなっていた。

（口じゃ全部入んねんだ。先っぽだけじゃ達かせらんねえ）

利翔がもし女なら自分のなかに彼の性器を咥えこんで擦ればいいが、あいにく男でそちらの器官は備えていない。

それでも無理にその行為を完遂したいと思うなら……もうひとつ方法がある。

「クソッ。ちょっと待ってろよ！」

佐光から顔を離し、言うことを聞かないそこを指差すと、利翔はキッチンに駆けこんだ。その場所から目当てのものを引っ摑むと、元の場所に取って返す。それから佐光の前で身に着けていたものを取り去りはじめた。

「きみ……⁉」

「腰をあげんな、動くな、バカ」

語気強く佐光が立とうとするのを止めて、全裸の利翔は床に置いていた瓶を改めて手に取った。

瓶の中身はオリーブオイルで、手のひらにたっぷりとそれを垂らすと、佐光の性器をその手で摑む。そうして先から根元までべったりとオイルで濡らし、一瞬だけためらってから、心を決めて佐光を跨《また》いだ。

「なにす……きみ、やめなさい」

利翔の意図に勘づいて、さしもの佐光もぎょっとしたようだった。

「はは。めっずらし。あんたもそんな顔するんだな。そいつを見ただけでも……ん、ぅっ」

男の切っ先を自分のそこに宛《あ》てがって腰を落とす。やりかたとして、たぶんこれで間違っていないはずだ。

あくまでもするほうでの経験だったが、利翔よりもっと小柄な女だって孔にはめることができた。それなら自分にもやってやれないことはない。

そう思っての行為だったが、まもなく利翔は自分の心得違いを知った。

「くっ……う、あっ……」

全裸で佐光に跨《また》がって、自分の窄まりにペニスを挿入したまではよかったのだ。しかし、オイルのぬるつきを借りていても、佐光のそれは先までしか入らない。しかもそのあと、入れるもならず抜くにも抜けなくなってしまって、利翔は進退窮まった。

「……っ、た」

痛くて、苦しくて、たまらない。腰を揺らすと、身体がふたつに裂けそうだ。

（こんな、はずじゃ……）

前のときには自分が入れる側だったが、女はそれほど痛そうにしていなかった。むしろ、そっちのほうがよく締まっていいなどと余裕の発言を交わしていた記憶がある。

なのに、いま利翔のそこは男のものを食いちぎらんばかりにして、ぎちぎちに締めつけている。利翔も痛いが、佐光も相当苦痛を感じているらしく片頬が歪んでいた。

（もしもこのまま外れなくなっちまったら……？）

思えばぞっとして、佐光のシャツを握り締めたときだった。佐光が頬にやさしい口づけを降らせてきた。右にも、左にも、何度となく触れるだけのキスをして、強く脈打っていたこめかみをそっと撫でる。

「大丈夫。ゆっくり呼吸をしてごらん……そう、大きくね」

強張っていた両頬が佐光のキスで少しばかり緩んでいた。彼の言うとおり深呼吸を続けていると、頬の緩みが全身に行き渡り、すると男を締めつけていたその箇所も徐々に緊張がほどけていく。

「両手を私の首に回して。もっとこっちに寄りかかって……私に体重を預けていいから」

穏やかな声音に誘われ、指示された姿勢を取った。

そうして利翔が佐光に全身を預けると、太腿の力が緩んで、つっかえていたペニスが少し先に進んだ。

「……っく」

「痛いかい？」

「そ、でも、ね……」

顔をしかめるほどにはきついが、さきほどよりもよほど楽だ。けれども佐光は利翔の返事を痩せ我慢と取ったようだ。

「まだつらそうだ。それに、私も少々きつい」

言って、佐光が利翔の腰に手を当てた。

（ああそっか。こいつも痛いばっかだもんな）

無理やりにでも引き抜くのかと思ったら、とたんに気が沈む自分に気づいた。

（しかたねえって。ゲイじゃねえのにオレなんかに乗っかられて、そんで痛いだけってのは最悪だもんな）

そう考えて、乱暴に抜かれる動きを待ち受けたその直後。

「あ……っ」

腰に当てていた手とは別のほうを伸ばして、佐光が股間に触れてきた。ためらいなく利翔のペニスを手に取ると、その手のひらにくるみこみ、最初はゆっくりと、次第に大きく擦ってくる。

「ばっ、そんなっ……」

「強過ぎるか？　もうちょっとゆっくりしようか？」

「じゃ、なくて……っ」

強弱の問題ではなく、佐光が自分の性器を擦っていることが驚きなのだ。

「オ、オレのにさわって、気持ち悪くねえのかよっ」

「いや別に。こうすると、きみも痛いばかりではなくなるだろう？」

他人のものなど触れるのは初めてだろうに、佐光の手つきにはためらいがない。どころか、ものすごく熱心に扱いてくるから、そのうち利翔の困惑は快感に変わってしまった。

「ん、あっ、あ……っ」

感じている声なんか出したくないのに、気がつけば佐光の首にしがみつき、その耳に乱れた吐息を吹きこんでいる。

佐光がペニスを扱く仕草はひどく巧みで、ほどなく彼の手のなかにあるものは熱く、硬く、反り返った。

「わかるかい？　きみのなかが柔らかくなってきた」

耳たぶに直接唇をつけながら佐光がささやく。

「半分くらい入っているが、苦しくないか？」

「な、ないっ、けどっ」

耳孔に男の息吹を感じ、ぞくっと背筋に震えが走る。必死で声を絞り出したら「だけど？」とやさしい響きで問われた。

「オレ、ばっか、よくたって……あんた、が……っ」

「私もいいよ。きみのなかは気持ちいい」

佐光はそう言ってくれるけれど、これが嘘ではないにしても、半ば以上はおつきあいの台詞のはずだ。

好きでもない相手とやって、しかも全部入っている訳でもない。こちらへのリップサービスとわかっていて、しかしその言葉をうれしいと感じるなんて、自分はとうにおかしくなっているのだろう。

「だったら、ここで……擦って、やるから」

自分の内側にいる佐光のこれを少しでもよくしたい。利翔が覚悟して腰を揺らすと、言われたとおり内部が柔らかくなっていたのか、いまは結構スムーズに抜き挿しできる。

佐光の身体に縋ったままでゆっくり身体を上下させると、彼が吐息交じりの声をこぼした。

利翔の耳が拾ったそれはものすごく色っぽくて、腰を動かす動作が止まらなくなってしまう。

「あ、んっ……ん、ぅう……っ」

佐光を収めた後ろのほうは気持ちがいいというよりも、排泄《はいせつ》するときの感覚に似通っていて妙な感じだ。痛みもまだ残っているし、肉体的には決して悦びを得られるようなものではないが、佐光の性器を入れているという一点だけで利翔の身体は昂《たかぶ》ってくる。

赤くなった軸の先から滴を垂らし、利翔は体内にある彼の雄を懸命に擦りあげた。

「な、なあっ、こんなで、いいかっ……?」

問うあいだにも佐光は利翔のペニスを扱き続けているから、発する声は聞き苦しく掠《かす》れている。瘦せっぽちの利翔の身体も佐光にとっては決して魅力的なそれではないはずなのに、彼は「いいよ」と微笑んだ。

「きみは一生懸命で可愛いし、私も目が眩《くら》むほど興奮する」

「う、嘘、ばっか」

甘ったるい佐光の台詞が恥ずかしい。

「それは、いつも、女に言ってる台詞だろが！」

どうこう言っても、自分を甘やかしてくるあたり、佐光はしょせん余裕なのだ。

つまりはさして利翔に夢中になれないからだ。さっきの言葉への照れもあり、口惜しさも交じってわめき、佐光の肩を服の上から噛んでやる。

「こらやめなさい。肩が痛いよ」

いちおうは苦情を洩らすが、佐光は少しも怒った様子を見せなかった。

「きみのことを女扱いしてはいない。それに、女にはこんなものはないからね」

「あ、うっ」

握られていた軸の先を親指でぐりっと擦られ、利翔の背筋が跳ねあがる。

「感度がいいね」

「バ、バカッ！」

赤くなって怒鳴りつけ、佐光と視線を合わせた瞬間。そのまなざしの強さと深さに利翔は動けなくなってしまった。

どちらも言葉を発することなく、ただお互いの眸を見つめる。

利翔は息さえも忘れた心地で眼前の男の顔を眺め続け、やがてその真摯《しんし》なまなざしがおもむろに近づいてきたときも微動だにできなかった。

まるで魅入られてしまったように瞬《まばた》きもせず男を見て――唇が触れ合った瞬間に、激情が迸《ほとばし》り出た。

「ん……んっ……」

舌を絡みつかせながら、互いに腰を動かして快感を高め合う。利翔はおのれの粘膜で男の性器を包みこみ、佐光は手のひらにくるんだ軸を扱きあげた。

どちらも目蓋《まぶた》は閉じないで、近過ぎて焦点の合わない眸を見続けている。

かつて利翔が味わっていた、ただ肉体で得る快感とはまるきり違うこの感覚。互いの深部に入りこみ、最も脆《もろ》い大事な部分を素手で触れているにも近しい、慄《わなな》き交じりの恍惚《こうこつ》がそこにはあった。

（ああそっか。オレは……）

生まれて初めての感覚に、利翔は叫び出したいような、泣きたいような気分になった。

利翔は佐光と抱き合ってわかったのだ。自分はやっぱりゲイではなくて、男とキスをするなんて気色悪いし、ましてやアレをしゃぶったり、おのれのアナルに性器を挿入させるなど論外だ。どこの誰でも、どんなに大金を積まれてもお断りで、相手に対して借りがあろうとなかろうと生理的な嫌悪感は絶対に消し去れない。

たとえ自分がいついかなる状況にあったとしても、男とのセックスなんてごめん被《こうむ》る。絶対に――佐光以外とはやりたくない。

そのことを確信したいま、結論はひとつだった。

（オレは、佐光を……）

でもそれを言葉にはできなかった。

すでに彼の指示に背き、このあとも従順にはなれない利翔に、その台詞を言うような資格はないのだ。

「さ……佐光……佐光っ……」

堰とめられた利翔の想いが胸を苦しく締めつけている。おぼえず彼の名を呼ぶと、男のしるしがさらに膨らむ。

せつなさと快感に呻《うめ》きながら、利翔は快楽の最後の階梯《かいてい》をのぼっていった。

◇　◇

「う……」

行為が終わり、佐光のそれが引き抜かれると、利翔は彼から離れようと立ちあがり、しかし歩けずその場所にへたりこんだ。

「きみ、大丈夫か⁉」

あわてたふうに佐光が腕を伸ばしてくるのを、利翔はとっさに払いのけた。

「さわんな！」

いま彼にやさしくされると、かろうじて保っている自分の意志が弱くなる。

「オレは平気だ。それよか、あんた、オレが出したので汚れてるぜ。いますぐなんとかしたほうがいい」

両手をラグマットの上につき、軋む身体を支えながら冷ややかな調子を装う。

「私よりきみのほうが……」

「いいから、風呂に入ってこいよ！」

佐光が言いかけたのを、きつい調子でさえぎった。

「行きがかりで男なんかに乗っかって、バカなことをした……いまは、あんたの顔を見たくねえ」

うつむいて洩らした声は、彼に嘘をつく後ろめたさで掠れていた。

それ以上は押さないで、佐光はソファから腰をあげる。まもなく浴室のドアが閉まると、

「……わかった」

利翔は長いため息を吐き出した。

（ごめんな、嫌な態度を取った）

それでもいまはこうする以外に方法がない。

床にあった自分の服を拾いあげると、利翔は寝室に入っていって、タオルでざっと身体を拭《ふ》いた。まだ足腰ががくがくするし、後孔はずきずきと痛みを発していたけれど、それにかまってはいられない。利翔は元どおり黒シャツとジーンズとを身に着けてから、佐光にもらった携帯と腕時計を机に置いた。

「ほんと……ごめんな」

佐光は誠実に振る舞ってくれたのに、利翔は後足で砂をかける真似をする。

好きでもない女のためにどうして佐光に背くのか。それは自分にはわからなかった。

いまから二年前、死んだ猫を埋めたときも理由などは思いつかず、ただそうしなければならないような気分に支配されていた。

利翔のなかにある消えない怒りの燻《くす》ぶりが自分の身体を動かしている。

世界は気まぐれで、残酷で、なにひとつままならない。

けれども、しかたがないのだと流されてしまいたくない。ほんのわずかでも爪を立て、運命に抗《あらが》っていたいのだ。

「これが終わったら、ぜってえあんたに詫びを入れる。許されるとも、戻れるとも思わねえけど……そのままバックレはしないから」

そこだけは筋を通すと心に決めて、利翔は佐光と共に暮らしたマンションを出ていった。

◇　◇

銀座に向かおうとメトロの改札をくぐったあたりで、利翔は妙な気配をおぼえた。

（……尾行《つけ》られてる？）

利翔は尾行に気づいたふうを見せないで、さりげなく背後の様子を窺った。

（……あれ？）

なんだか見おぼえのあるやつがいる気がする。

（え、恩田《おんだ》サンか……!?）

意外な男の出現に、利翔は佐光が自分を見張らせていたかと思う。しかし、次にはその考えを否定した。

もしも佐光が利翔に見張りをつけるなら、恩田のような初心者を選ぶことはしないだろう。尾行が下手過ぎてかえって気配がわからなかったが、こうしていったん見つけてしまうと、簡単に出し抜けるのだ。

利翔は電車に乗りこむと、相手がひとつ向こうのドアから入っていったのを見澄まして、発車間際にそこから降りた。恩田が降りそびればそれでよし。あわててホームに降りてくれば、それはそれでやりようがある。

結果は恩田と利翔とが視線を合わせることになり、にっと笑ってそちらのほうに近づいた。

「恩田サンだろ、こんなとこでなにやってんだ？」

「え、あの」

恩田には探偵の真似事は向いていない。取り繕うこともできず、ひたすらあせる男を見ながら利翔はいきなり核心に踏みこんだ。

「誰に頼まれてオレを尾行してたんだ？」

「だ、誰って……」

「佐光なのか？」

きょとんとするのを見た段で、それは違うと判断できた。

「オレはあんたに尾行られるほど、なんかヤバイことやらかしたのか？」

利翔が予想した通り、根が真面目なこの男は嘘をつくのも苦手なようで、頬を引き攣らせて唸《うな》っていたあと白状する気になったようだ。

「ごめん、小塚くん。ちょっとした出来心だったんだ……！」

聞いてみれば、恩田に働きかけてきたのは周敦凱《シウドゥンカイ》ということだった。

「いつ接触があったんだ？」

「ほら、対象者がきみだけを宿泊先の部屋に入れて、ぼくは廊下で待つことになっただろう？あのとき電話がかかってきて、対象者になにか少しでもおかしなことはなかったかって」

「それで、なんて返事したんだ？」

「えっと……きみと対象者はもしかすると知り合いかもしれないって」

恩田は言いにくそうにしていたあとで、ぼそぼそと声を落とした。

「電車のなかで小塚くんが視線を逸らしているあいだ、対象者はじっときみを見ていたし、その顔つきがいかにもなにか言いたそうな様子だった。だから、あの。そのとおりに報告したら、当面きみを見張ってろって言われたんだ」

（メイランがオレのことを……？）

驚いたが、彼女がそうした態度でいたなら、恩田がなにかおかしいと勘づくのも当然だ。

「それであの日、ＳＳＣの実地研修が終わったあとで、きみのことを尾行してどこのマンションに住んでいるか突き止めた。今日もこうして見張っていて、あとを追いかけてた訳だけど……実を言えば、きみにばれてほっとしてる」

どうしてと目で問うと、気まずそうな表情で恩田が自身の心持ちを打ち明ける。

「ぼくは……あまりにも対象者が高飛車で感じが悪いと思ったから、つい依頼主の言うことをきいたけど……こんなのは間違ってるとわかってたんだ。ＳＳＣに無断で動いて、依頼主から直接報酬をもらう約束をすることも。だけど、地味顔と罵られて、ついあの女が困った羽目になればいいと考えた」

「それは……」

恩田の背信はメイラン自身が蒔《ま》いていた種だった。彼を怒れず、メイランの自業自得とも嗤えずに、利翔は無言で眉をひそめた。

「だけど、きみにばれたからもうやめる。依頼主に尾行はうまくいかなかったし、今後はこの件から下りると言うよ」

すまなかったとあやまる恩田に、利翔は「それよか」と持ちかけた。

「悪かったと思うんだったら、むしろ尾行は続けてくれ。ただし、オレが違う場所にいるように報告するんだ。そうすりゃ多少は時間稼ぎになんだろうし」

「わ、わかった」

「それと恩田サン。依頼主が連絡したとき、ほかにもなんか言わなかったか？　メイランのこととかでもなんでもいいから」

恩田はしばし考えていたあとで、そう言えばと利翔に告げる。

「きみの尾行を引き受けたとき、もしも奥さんと小塚くんとが会っていて、そのあと別々に別れたら、どっちを尾行しようかと聞いたんだ。そしたら、ふたりが会うなんて可能性は考えなくてもいいって言った。なんだかそのとき、ぞっとしたのをおぼえている」

だから勢いで受けたものの、この依頼は元々乗り気じゃなかったんだと恩田は言った。

「今度のことで身の丈に合わないことはするもんじゃないんだってつくづくわかった。明日、上司にこの一件を打ち明けて、デスクワークへの異動を上申するつもりだ」

まあ馘《くび》にならなかったらのことだけど。そう言って、恩田はほろ苦く笑ってみせる。

「さあ、行って。尾行のほうはうまく報告しとくから」

利翔はわかったとうなずいて、ホームに滑りこんできた次の列車に飛び乗った。

（周はメイランの尾行は必要ないと言った。それは恩田とは別のルートで見張りをつけているからか？）

それともと考えて、薄ら寒い気分になった。

いま、メイランはどこにいる？　彼女に連絡がつかないのはどうしてだ？

その手がかりが私設私書箱のなかにあるのなら。

利翔は電車が駅に着くと、地下から地上へと駆けあがり、目当ての場所に向かっていった。

（ここか……！）

ストックボックスは大きなビルの一階にあり、なかに入るとコインロッカーのような形で個々のメールボックスがびっしり設置されている。宅配便も受け取れる大きなものから、郵便中心のちいさなものまで棚ごとに並んでいて、利翔の持っていた鍵の番号はちいさなボックスのほうだった。

利翔がそこの錠を解いてドアをひらくと、内部には十通ほどの手紙がある。それを全部引き出して見てみると、宛名のほうはメイランで、差し出し人は一通を除いてはすべて紫の名前があった。そして、残りの一通は……。

（オレか……!?）

その場で封筒をひらいて便箋《びんせん》を取り出すと、メイランの自筆だろう文面が目に入る。

『この手紙を利翔が読んでいるっていうのは、あたしの頼みを引き受けたってことでしょう？　早速だけど、六本木にあるカフィーナってホストクラブのタキに会ってほしいのよ。それで、このお金を持って東京から逃げてって。渡すお金は同封のカードで全部下ろしてちょうだい。暗証番号は〇七二三、タキの誕生日と同じだから。

それと利翔はタキが無事に東京を出られるまで彼を守ってあげてよね。お礼はこのなかに入っているダイヤの指輪でいいでしょう？　売ればそこそこの値がつくわ。

一緒に入ってるその鍵は、タキを守るのに使えそうなら使ってちょうだい。あんたじゃ無理かと思うけど、周がすごく大事にしてるものだから、うまく使えば役に立つかも。

あ、心配しなくても大丈夫。周にはあんたに渡したことは絶対に教えないから。

あたしもいよいよヤバくなってきそうだから、この鍵の存在を周との交渉に利用するつもりなの。それには手元にないほうがいい訳だしね。

それにしてもいくら金持ちだからって、ヒヒジジイと結婚なんてするもんじゃなかったわね。なんだか最近のあいつって、気味が悪くて。それもあって、利翔に頼んでタキを逃がしてもらおうと思ったの。

贅沢《ぜいたく》も、男遊びも許したけれど……って、ぞっとする目であたしを見るのよ。だけど、別に怖くないわ。あたしはいつだってうまくやってきたんだもの。今回もきっと平気。周はあたしにぞっこんだしね。ちっとも怖くなんかないわ。

それから、残りの手紙は紫に渡してね。彼女には……やっぱりいいわ。やめておく。

それで、最後にタキのことなんだけど、彼に会ったらあたしがすごく愛してるって伝えといて。そのうちあたしが直接会って彼に言うけど。

それじゃよろしく。頼んだわよ』

長い手紙を読み終えて、利翔は思わずため息をつく。

(なんつう勝手な女なんだ)

呆《あき》れてしまうが、同時にこの手紙にはあやうさも感じている。

周の大事なものを隠して交渉に使うつもりのメイランは、彼自身がきな臭い存在なのを勘づいているのだろうか？　若く美人な妻を娶《めと》って、やに下がっているだけの男だと、もしも高を括《くく》っているなら……。

「ヤバイだろ」

ギリッと歯嚙みして、利翔はストックボックスをあとにした。足早に行く先は紫の店で、彼女のほうからも早急にメイランの行方《ゆくえ》を突き止めてもらうつもりだ。

そうして訪れたトゥーランドットは営業の真っ最中で、利翔はしばらく待たされてから奥の部屋に通された。

「なんかすげえな……」

「高級将校の執務室よ」

そう言う紫は軍服にブーツ姿。手には鞭を持っている。室内には堅牢な作りのデスクと、ビロード張りの椅子、背後の壁には大きな世界地図が貼られ、左右の壁にはデスクと同じくがっしりした造作の本棚とキャビネットが置かれている。

「それより用件を言いなさい。あたしに会いに来たってのは、なにか進展があったんでしょ?」

彼女の姿とハマり過ぎの情景にいっとき茫然《ぼうぜん》としていた利翔は、我に返って口をひらいた。

「あんたからもらった鍵はメールボックスのもんだった。さっき行ってその中身を見てきたら、オレとあんたへの手紙があった」

こっちがあんたの、そう言いながら、利翔は手紙を紫に差し出す。受け取った彼女は表と裏を見て、

「どっちも美恵の筆跡ね」

「自分のメールボックスにあいつ自身が送ったみてえだ。だから宛名と差し出し人が逆なんだ」

紫はうなずき、利翔の手紙にはなんと書いてあったと聞いた。

「カフィーナのタキってホストに金を渡してくれってさ。そんで、やつを東京から逃がせって。あんたの名前もあったけど、伝言するのはやめとくって書いてあった……なあ、メイランと連絡がついたのか? あいつはいまどこにいる?」

紫は憂いを帯びた顔で、わからないと首を振った。

「何回か自宅に電話をしたけどね、外出中だのなんだのって結局取り次いでくれなかったの」

「自宅にか？　よく番号がわかったな」

「あたしの豚どもを働かせているからね。美恵の居場所を突き止められたらあんたにも連絡するわ。携帯番号は前のとおりでいいのよね？」

「あ、悪い。オレいま携帯を持ってないんだ。タキに伝言したあとで、こっちから電話する」

言ったあとで、利翔の胸がツキンと痛んだ。あの携帯と腕時計とは佐光の部屋に置いてきた。

彼はいまごろなにをしているだろうか？　利翔が姿をくらましたのに気がついて、腹を立てているのだろうか？

（オレはほんと、最低だよな……）

利翔のような人間に誠実に振る舞ってくれた相手を裏切ることしかできなかった。

佐光がくれたあの携帯も、腕時計も、利翔には持つ資格がない。彼に繋がるあれらの品はもはや自分には遠いものだ。

利翔がそれを思った直後、伸びてきた鞭の先でぐいと顎を引きあげられた。

「なによ、クソガキ。失恋でもしたみたいな、情けない顔してるじゃないの」

「うっせえ、ほっとけ。あと、クソガキって言うんじゃねえ」

鞭の先を撥《は》ねのけて睨んだら、紫がふふんと鼻で笑った。

「ふられた気晴らしがしたいなら、そのうちこの店で遊ばせてあげるわよ？」

「いらねーよ。そんなじゃねえし」

「あたしもね、あんたの顔を見ているとちょっとは気がまぎれるし」

声音の昏《くら》さに驚いて紫を見たら、焦燥を滲ませたまなざしとぶつかった。

「ね、美恵はどこにいると思う？　なんで連絡が取れないの？　こうして手紙だけ人づてに手渡して……ううん、いいわ。あたしがあの娘に直《じか》に聞くから。どこにいても絶対に見つけてやる」

「そうしろよ」

踵《きびす》を返して、戸口へと向かいながら利翔は言った。

「オレもメイランの行方を追うから。もしかしたら、タキってやつがメイランの行き先を知っているかもしんねえし。そしたらあんたにも教えてやるから、そんときにはなんでも言いに行きゃあいい」

「は。ガキのくせに、台詞だけは男前ね」

「ガキじゃねーし」

言い返して、部屋を出る。紫の焦燥が移ったのか、胸のなかが嫌な感じにざわついていた。

（メイラン、おまえどこにいる？）

外の通りを歩きながら、利翔が思考をめぐらせていたときだった。

「……っ⁉」

いきなり行く手を阻まれて、問答無用で二の腕を摑まれる。

「なにすっ……離しやがれ！」

「静かに」

ガタイのいいスーツの男が利翔にささやく。

「おとなしくついてくるんだ。騒がなければ乱暴しない」

その直後には仲間だろう眼鏡の男が反対側を固めている。両脇をごつい男に挟まれて、利翔は奥歯を噛み締めた。

（くっそ。考えごとに気を取られて油断した）

いつもならヤバイ気配がしたときはもっと早く気づいているのに。

「あんたら周の部下なのか？」

表情に出ればと思って左のほうに聞いてみたが、彼は顔面の筋肉をぴくりとも動かさなかった。

「オレをどこに連れていく気だ？」

「そのうちわかる」

「教えてくれよ。オレはお育ちがいいからな、ママに行き先を言っとかないと叱《しか》られんだ」

「無駄口叩くな」

掴まれている二の腕をぎりっと握られ、利翔は痛みと怒りとで顔を歪める。

男たちは利翔を引っ立てて無理に歩かせ、やがてバッティングセンター沿いの通りまで来た。彼らはどうやら利翔を車に乗せる気らしく、ハザードランプが点滅している乗用車に近づくと、後ろ側のドアをひらいた。

「え……⁉」

後部座席には先客がいた。それも利翔の見知った顔だ。

「恩田サン……⁉」

彼は顔をひどく腫《は》らしてぐったりしている。利翔の声にも反応できないようだから、おそらく意識がないのだろう。

彼がここにこんな状態でいるというのは、尾行の偽装を見破られ、周の部下に捕まった？

「早く乗れ」

利翔の背中を突き飛ばして、内部に放りこもうとするのを、車体の枠を摑んでこらえる。直後に姿勢を反転させると、身を低くして男の腹部に頭突きをかました。

「……っこの！」

たたらを踏んだ男が怒りに顔面を赤くする。その隙に利翔はでかい声でわめいた。

「こいつら人攫《さら》いだ！　誰か警察呼んでくれ！」

通行人の協力を当てにしていた訳ではなく、こう言えば男たちが怯むかと思ったのだ。しかし、彼らは多少のリスクを冒しても手っ取り早い方法を選んだらしい。

「……ツッ！」

拳で利翔の鳩尾《みぞおち》を殴りつけ、地面に膝《ひざ》をついたところで襟首《えりくび》を引っ摑まえる。子供の身体でも扱うように車内へと投げ入れられかけ、利翔はとっさに車のドアにしがみついた。

「離せ、こら」

苛立たしげに怒鳴られても従えるものではない。自分ひとりだけのことなら逃げられたかもしれないが、恩田がいてはそうもできない。ここで自分が可能な限り時間を稼ぎ、運良く騒ぎに気がついた警官が来てくれるのを待つだけだ。

「このクソガキが」

運転席からも彼らの仲間が降りてきて、利翔を三人で痛めつける。夜でもこの通りに人波は途切れないが、ここにいるのは警察とは関わりたくない連中か、堅気だが他人には無関心な人間のどっちかだ。

寄ってたかって殴られ、蹴られているあいだ、利翔は絶対に意識だけは手放さないでいようと思った。気絶すれば痛みからは解放されるが、恩田と自分とが助かる公算は限りなく低くなる。

ドアから引き剝がそうとする男たちに逆らって、苦痛に喘《あえ》ぐ利翔の脳裏に佐光の姿が無自覚に浮きあがった。

（あんたがいたらこういうときになんて言う……？）

自分への報告を怠って隠しごとをするからだ――あるいは、さっさと自分を頼ればよかったとかか？

（どっちにしてももう遅い）

いまさらおのれの判断を後悔するつもりはないが、ひとつだけ心残りがあるとしたら、彼にあやまりに行けないかもしれないことだ。

「こ、の……しぶといガキめ！」

後頭部を殴られて、一瞬意識が遠くなる。腕も、肩も、背中も痛い。頭も、脚もずきずきしていて、もう身体のなかで痛くないところなんてないみたいだ。きつくて、つらくてたまらないが、この苦痛こそが利翔の意識を繋いでいる。

「さ……こ……」

自分がなにをつぶやいたのかわからなかった。でもまだあきらめてしまいたくない。

「三人がかりで引き剝がせ！」

利翔のしぶとさに業を煮やしたのだろう、痛めつける行為を留め、ドアから剝ぎ取る動作に変える。全身に力を入れて抵抗してみたものの、多勢に無勢では敵《かな》わずに車体から引き離された。

「こいつっ……離せ！」

目の前にある脚を両腕で抱えたら、靴先で頭を蹴られる。ぱっと目の前に火花が散って、利翔は失神しそうになった。

（もう……これでいいんじゃねえか……？）

惚れてもいない女からの頼みごとを、自分はなにを必死になって守ろうとしているんだ？

馬鹿げている、そんなことはわかっている。

――正しいとはなんなのか、あの猫は、私の部下は弱いから殺されたのか？

「……佐光……佐光……っ」

薄れかけていく意識のなかに男の声が甦り、それにしがみつくように利翔は彼の名を呼んだ。

――だけどもうそういうのはやめたんだ。リスクがあっても、迷っても、私は自分のやりたいようにすることにした。

「……さこ……」

「――利翔」

視界が闇に閉ざされかけたそのときだった。自分を呼ぶ声が聞こえた気がする。空耳かと思っていたら、今度はもっとはっきりと。

「あきらめるな。最後の最後まで抗え、利翔！」

地面に這ったまま、利翔は思わず目を瞠る。GPS機能つきの携帯は置いてきたから、彼はここを突き止められるはずがないのだ。なのにダークブラウンの髪をしたこの男は利翔の前に長躯《ちょうく》を晒して立っていた。

スーツを纏《まと》う広い肩、厚みのある胸。いつになく乱れた前髪が秀でた額に落ちかかり、さらに精悍《せいかん》な印象が強かった。

夜の街を背景に、この男が立つ場所だけが浮き出すようにくっきりと利翔の目に映っている。

（まさか……でも……ほんとに佐光が来てくれた……？）

自分の見たものが信じられずにしばしぼうっとしていたら、凛然《りんぜん》とした声音が利翔の耳を打つ。

「私と一緒に闘えるか？」

「あ……あったり前だ」

佐光が現れたと知ったことで、消えかけていた利翔の気力に火が点《とも》る。がくがくと震える脚をどうにかこらえて腰をあげると、彼はもう目の前にいた。

「大丈夫か？」

言いざま佐光が姿勢を変えて眼鏡の男に手刀を放つ。精確に喉仏を狙《ねら》ったのか、まるでカエルがへしゃげるような異音がして、相手が身をふたつに折ると、佐光はその肋骨《ろっこつ》に蹴りを入れた。すると、またも嫌な響きがそこからあがり、今度は完全にくずおれていこうとするのを、佐光がスーツの後ろを摑んでそれを留める。そうして利翔のほうを見て、

「きみは恩田くんを」

「あ……うん」

彼の登場を半ば夢かと思っていた利翔だが、冷静な男の声で我に返った。

利翔は急いで後部座席に身を乗り出すと、恩田の名前を呼びながら彼の身体を車から引き出した。

「恩田サン、生きてっか？　目え開けろ！」

利翔も相当グロッキーになっていて、どうにか路上に引っ張り出しはしたものの男の重みを支えられずに一緒になって地面に倒れる。けれどもそれがいい目覚ましになったのか、恩田が呻いて目蓋をひらいた。

「……こ、小塚くん……？」

すまないと口走るのを「いいから」と押し留《とど》め、ふたりで支え合いながらなんとかその場に立ちあがる。

「これは、いったい……？」

佐光を知らない恩田が驚くのも無理はなかった。男たち三人に対抗するのは佐光ひとりであるのにもかかわらず、目の前の状況はほぼワンサイドゲームの様相を呈している。男のうちのひとりは完全に失神しているみたいだったし、あとのふたりもぼろぼろで立っているのがやっとのようだ。

（すげえなぁ……やっぱ佐光はめちゃ強い）

まったく危なげのない闘いぶりに、そんな感嘆が湧いて出たのもつかの間だった。

「その……小塚くん？」

隣の恩田が不安そうにこちらを見やる。このときには利翔も同様の危惧《きぐ》を佐光におぼえていた。

（ちょ、ちょっと、やり過ぎ……？）

やっとながらも立っているのは、彼らの意思によるものではなく、佐光が相手を倒さないよう調節しながら苦痛を与えているからだ。男たちにダメージを加えながら、それでも失神させないように計算ずくで加減している。

「さっ、佐光っ⁉」

あせって近寄ると、彼がこちらに視線を向ける。それではっきり理解した。

（うわ。冷静でもなんでもないじゃん。キレッキレになってっか？）

表情は変わらないのに、眸だけがぞっとするほど冷ややかだった。

理由は不明だが、彼が凄《すさ》まじく怒り狂っていることだけは間違いない。

「ちょ、やめろって。おい、あんた、オレの声が聞こえてっか！」

ともあれ、佐光をこのままにはしておけない。大声を張りあげると、足元がふらついた。

すると、佐光は摑んでいた胸倉から手を離し、利翔の許《もと》へ歩み寄る。

「どうかしたか？」

「どうって、あんた、めちゃくちゃだって……えと、なんでんなにキレてんだ？」

もしかして、自分に対する怒りを彼らに転化していたのだろうか？

佐光を怒らせた心当たりは山ほどある利翔である。内心かなり怯《ひる》みながらそう聞けば「彼らはきみを傷つけた」と凍るような声音で答える。

（オレを……？）

彼の言う意味がわからない。しばし茫然としていたら、その暇に佐光は自分を取り戻したようだった。いつものように落ち着いた気配になって、周囲に視線をめぐらせる。

「ひとまずここから離れよう」

佐光の言うのももっともで、さすがに警察がやってきても不思議はないほど騒ぎが大きくなっている。それで恩田と三人で、急ぎこの場所から遠ざかった。

恩田は自力で歩くのは無理そうだから、佐光が肩を貸している。利翔はともすれば膝が折れて座りこみそうになるのをどうにか気合でしのぎきり、やっとの思いで路地裏までたどり着いた。

「なあ……なんでオレがここにいるって……？」

壁に背をつけ、ぜいぜいと喉を鳴らしつつ利翔は聞いた。佐光は恩田をちいさなビルの非常階段に座らせると、利翔のシャツの襟裏に手を伸ばす。

「これがつけてあったからね」

彼が襟から抜き出したのはボタンのようなものだった。

（それって……まさか発信機⁉）

利翔の表情を読んだのか、佐光がそうだとうなずいた。

「そんなの、オレにいつつけたんだ？」

「きみが銀座の百貨店を出ていこうとしたときだ」

「百貨店って……オレの肩にあんたが手を置いたあの一瞬に⁉」

なんて抜け目のない男だ。驚き呆れて視線を宙に飛ばしたら、くらりと景色が一回転した。

（くっそ）

無様にへたりこみそうになるのをこらえ、汚い壁に爪を立てたら、佐光がすっと近づいてきて利翔の身体を支えてくれる。

「立ったままでいたいなら、私に寄りかかっていなさい」

佐光が左腕一本で利翔を抱きこみ、自分の胸にぴったりとつけさせる。頬を彼のシャツにくっつけ、強い腕で抱きこまれるこの体勢は、安定できて気持ちがいい。

「相手の居場所を知ることは適切な判断を下すために必要なものだからね。さきほどの男にも同じものをつけておいた」

言って、佐光はポケットからスマートフォンを取り出した。右手だけで器用に画面を操作すると、出てきた地図を利翔に見せる。

「どうやら発信機には気づかなかったみたいだね。車で南東の方向に移動中だ」

それできみはどうしたいと佐光が聞いた。

「私に隠しごとはやめるか、それともあくまでも私の協力はいらないと突っぱねるか」

利翔は顎をあげ、男の顔に視線を向けた。連中相手にキレていたときの凍るような気配は消えて、強く熱いまなざしが注がれている。

利翔はこくっと喉を鳴らして口をひらいた。

「その返事ならさっきした」

「さっき？」

「私と一緒に闘えるか——あんたがそう聞いたときだ」

助けに来たと告げるのではなく、一緒に闘えと佐光は言った。

そのことが本当に利翔はうれしかったのだ。だから、もう腹は括った。たとえどんなに非力でも、利翔は最後まであきらめずに抗い抜く。佐光と一緒に闘い続ける。

「これ、メイランが寄越した手紙だ。私設私書箱を使って、自分宛てに送ってたんだ」

利翔がくしゃくしゃになった手紙をポケットから抜き出して手渡すと、佐光はこちらの身体を胸に入れたまま手紙を読んだ。

「——なるほどね」

静かな響きが耳に届き、直後に佐光が回した腕に力をこめる。呼吸さえ苦しくなるほど利翔を抱き締め、佐光はまたも端末を操作した。

「ああ、ケビン？　私だよ。急ですまないが、Ｄ班の連中をいますぐに動かせるか？」

佐光の電話のかけ先はＳＳＣらしかった。なにをするのかと思っていると、しばし置いて彼がうなずく。

「それだけいれば充分だ。では、彼らとの回線をひらいてくれ」

なにかを聞き取っているように佐光は端末の向こう側に注意を集めていたあとで、おもむろに語りはじめた。

「ただいま総員の参集を確認した。諸君はこれよりこの私、佐光匡英《まさひで》の指揮下に入る。異議のあるものは申し出てくれ……よろしい、異議なしと了解した。以後は私の命令に迅速に従うように」

それから佐光はてきぱきと彼らに命を下していった。

ＳＳＣの社員である恩田を病院に連れていく者。発信機の情報を転送されて、そちらの追跡を引き継ぐ者。ホストのタキを保護して、佐光の告げるポイントまで連れていく者。利翔を攫おうとした男たちの人相と状況から、ＳＳＣのデータベースにアクセスして背後関係を洗う者。メイランが寄越した手紙の分析と、彼女自身の行き先を探る者。

会話の調子から聞いた限りそれらの役目を佐光は適当に振るのではなく、回線の向こう側にいる者たちの特性を摑んだうえで割り当てているようだった。

（やっぱすげえわ……なんつうか、水を得た魚っつの？　ＳＳＣの幹部が欲しがる訳だよな……）

矢継ぎ早に下される命令を聞きながら、利翔は次第に目蓋が重くなるのを感じる。

思えば今日はめちゃくちゃにハードだった。呉の個人警護からはじまって、途中新宿に行って戻り、そのあげく帰ってからは佐光の追及をかわすためにセックスをして、そのあと銀座から新宿に出向いたのちに、三人がかりでぼこぼこにされているのだ。

残った体力はもはやなきに等しいし、気力も一度は消え果てたかと感じていた。こうして逞《たくま》しい男の胸板に寄り添って、絶対に離しはしないというふうに抱きすくめられていると、なぜだか足元がふわふわしてくる。

「ああ、それからK―6ポイントに向かうための車両を一台用意してくれ。私のほうからの命令は以上だが、これまでの指示について質問は？」

佐光は彼らからの問いかけに速やかに応じたのち通話を終えると、利翔のほうに視線を向けた。

「ひとまずこんなところだが、きみから見て足りない部分があるだろうか？」

「いや、ねえよ。ってか、完璧だなって感心してた。あんたって、生まれながらの指導者？　指揮官？　なんかそんな感じだなって」

意識が朦朧《もうろう》としてきたらしく、自分がなにを言っているかあまりよくわからなかった。

「あと、オレを……なんでそんなにぎゅうぎゅうに抱きかかえているんかなって思ってた」

言う間に足がかくんと砕ける。けれども利翔は座りこむことはなく、元のままの位置にいた。力の抜けた利翔の身体を難なく支え、佐光がわずかに苦笑する。

「生まれながらの指導者なんて、そんな都合のいい人間はこの世にいないよ」

それからね、と佐光が耳元でささやいたとき、もうすでに視界が暗転しようとしていて、続く言葉を利翔は聞くことができなかった。

「私がきみをぎゅうぎゅうに抱いているのは、ここから一瞬でも離したくないからだ」

◇

◇

利翔が次に目を開けたとき、佐光に抱かれてはいなかった。眼前にはフロントガラスとその先の夜景があって、自分はどうやら車の助手席にいるようだった。

「目が覚めたかい？」

運転席から佐光に聞かれ、利翔は彼の横顔に目を向けた。

「ここ、どこだ？」

佐光が言ったのは台東区にある住所だった。こんなところになんの用だと考えてから、佐光がD班の連中に命令していた内容を思い出した。

「ここがK―6ポイントなのか？」

「正確にはひと筋向こうの通りがそうだ。あちらにはSSCのシェルターハウスがあるからね」

「シェルターハウス？」

「SSCの業務のうえで匿《かくま》っておきたい人間がいるときに住まわせておく場所だ」

一見普通の住まいのようだが、セキュリティは万全な隠れ家のことだと告げる。そうして佐光はハンドルに手を置いたまま、前を見て言葉を続けた。

「私はそこにメイランの想いびとを匿うように命令した。もしもきみが彼に会いたくないのなら、私ひとりで出向いていくが？」

「……？」

佐光の言う意味が理解できない。メイランの頼みどおりにするために利翔はこんなに苦労したのだ。タキに会わずにここで待っているなんてあり得ない。

「行くさ、もちろん」

しばし意識が遠のいているあいだ、利翔には怪我の応急手当てがされていたらしかった。シートベルトを外す手には絆創膏《ばんそうこう》が貼られていたし、そのほかにもあちこち湿布が施されているようだ。

（いっつ……）

身体を動かすと痛みが走るが、骨は折れていないらしい。座席の上で利翔はできるだけかしこまった姿勢になった。

「その前に、オレはあんたに言うことがあったんだ」

「……どんなことだ？」

佐光がはっきりと男らしい眉をひそめる。彼はあまり聞きたがっていないふうだが、これだけは告げておきたい。

「オレはずっとあんたに対してフェアじゃなかった。あんたはオレに親切で、誠実な態度を取ってくれてたのに、こっちはずるしてごまかしてばかりいた。オレは自分のプライドにこだわってたから、助けてくれとあんたに頼めなかったんだ。あんたに不愉快な思いをさせていたことは本気であやまる。ごめんな、ほんとにすまなかった」

心から詫びる気持ちで頭を下げる。佐光はしばらく黙っていたあと、重いため息を吐き出した。

「私は親切で、誠実な態度ではなかったよ。いろいろと、きみにはね」

「だけど、オレが嫌な思いをさせたのに、さっきも結局来てくれただろ？」

「あれも本当はもっと早くに駆けつけられた。なのに私は迷っていたんだ。だから、きみはしなくてもいい怪我をした。すべてとは言わないが、きみを傷つけた原因の一端は私にもある」

利翔は意外な発言に戸惑って眸を揺らした。

「んなの、あんたに責任なんかねえじゃんか。悪いのはオレなんだし」

「そうなのかい？」

なぜだか佐光は機嫌を悪くしているようだ。なにか気に障ることをしたのかと、利翔が内心あせっていたら、彼がぶすっとした面持ちで口をひらいた。

「きみに対して、私はいかなる責任も持ってはいない？　きみがなにをしようとも私には関係ないか？」

「んなことを言ってんじゃなく……えと、あれこれオレが悪かったんだ。あんたに……あんなことをしちまったのも」

佐光は自分を好きでもないのに、利翔が無理やりセックスに持ちこんだ。しかも、その行為の直後には彼を手ひどく撥ねつけたから、きっと気分を悪くしている。せめてもそこの部分についてはきちんとあやまっておきたかった。

「あんたの顔を見たくねえっつったのは、あの部屋を抜け出すための口実で、オレの本心じゃなかったんだ……だけど、その。嫌なことを言っちまってマジ悪かったと思ってる」

もう一度頭を下げると、佐光の気配が少し和らいだ感じがした。ふっと見あげれば、真剣な男のまなざしがそこにある。

「こちらこそすまなかった。あのとき私はきみのすることを止めることもできたのに……だから、きみが行為のあとで私の顔を見たくないと言ったとき、正直いささか応えたよ。私の不純な心持ちを咎《とが》められた気がしてね」

「不純って……？」

「聞きたいか？」

「あ……」

ふいにドキッと心臓が跳ねあがる。佐光がこちらに顔を近づけてきたからだ。

脈がいっきに速くなり、顔が赤くなるのがわかる。

「私の気持ちを聞きたいかい？」

めちゃくちゃに動揺しながら、それでも利翔がうなずこうとしたときだった。

佐光の所持するスマートフォンが唸りをあげて着信を報せてくる。

「……ああ、わかった。それではすぐにそちらへ行こう」

通話の相手に応じると、佐光はひとつ肩をすくめた。

「いまは私情に走らずになすべきことをしろという、これは天からの勧告だろうね」

◇　　　◇

タキを匿っているシェルターハウスは、ごく普通の建売住宅のように見えた。似たような造りの家が何軒か並んでいて、そのどれもがいい加減古びている。利翔が佐光と向かったのは、通りから二軒目の住宅で、安っぽい門をくぐると、狭い玄関で靴を脱ぎ、奥の部屋へと廊下を進む。家のなかに入るとすぐに大きな声が聞こえていて、利翔たちが台所に顔を出せば、ひとりはSSCの社員だろうスーツの男と、その正面にもうひとりの姿があった。

「また来やがったか、おまえらなんだよ⁉　なんで俺をこんなとこに連れてきたんだ⁉」

怒鳴っているのは高価なスーツを着崩した若い男で、それなりにイケメンだったが、あいにく剣呑な形相をし過ぎているから好感を持ちようがない。利翔はこちらを刺すように睨んでいる男を見て問いかける。

「あんた、タキだろ？」

「だったらどうした⁉」

「オレはメイランに頼まれたんだ。あんたに会って、金を渡して、東京から逃げろと伝えてくれってさ」

「なんで俺が東京から逃げなくちゃならねえんだよ！　それよか、俺に渡すって金を寄越せよ！」

喧嘩腰の男の態度に利翔は思わずむっとした。

「あんた、メイランからなんも聞いてねえんかよ？　あいつはいま、どこにいるんだ？　電話をかけても通じねえんだ。自宅にもいねえっつうし、あんただったら行き先の見当くらいつけられっだろ？」

「あんな女の行き先なんて俺が知るかよ。おおかたエステか、グルメツアーに出かけてんだろ。金持ちの旦那からたっぷり小遣いもらってんだ。おまえらの用がそれなら、金を渡して俺を帰せ」

「てめえ、メイランが心配じゃねえのかよ⁉　あいつはいま、ヤバイことに足突っこんでるみてえなんだぞ」

自分がメイランの代理で怒るのはおかしいが、いままでさんざん苦労させられた分、タキの言動にはむかついた。

「あんたに東京から逃げろっつうのもそのせいだ。そっちでも、なんかこれまでに聞いてねえのか⁉」

「聞いてねえよ。知りたくもねえ。ヤバイったって、どうせ旦那の金をくすねたとかなんとかだろう。俺は金さえもらやいいんで、浮気のツケをこっちに持ってこられんのは迷惑だ」

「なんだよ、その言い草は⁉」

あまりにも勝手な男の言い分に、利翔がついやり返す。するとタキは苛立ちを募らせて、地団太を踏む勢いでわめきはじめた。

「うっせえよ。てめえなんかに文句つけられてたまるかよ。俺はホストで、色恋が商売なのは最初っから承知だろうが⁉　女と寝て金もらうのも、俺の仕事なんだからな！　金蔓《かねづる》にしてた女はあいつひとりだけじゃねえ。メイランがどうなろうと知ったことか！」

「てっめえ……」

利翔がギリッと奥歯を噛み締めたその直後、佐光の持っていたスマートフォンがバイブ音を響かせる。彼はしばし電話の相手としゃべったのちに、ふたりのほうに向き直り、ごく静かに声を発した。

「その彼女の行方だが、さきほど動向が判明した」

「ほんとにか⁉」

言ったのは利翔だが、さすがにタキも無視する気はなかったらしく、佐光の言葉を待つような表情になっている。

しかし、佐光はなかなかその次をしゃべらない。

「もったいぶらずに早く言えよ」

痺《しび》れを切らした利翔が先をうながすと、ようやく彼が言葉を継いだ。

「……周敦凱の所有している乗用車が山梨県の山中で見つかった。車体は崖《がけ》から落ちて大破。運転者のメイランはすでに死亡していたそうだ」

◇　◇

シェルターハウスにタキとD班の男を置いて、利翔と佐光は自分たちの部屋に戻った。

帰る途中の車のなかではどちらも結局口を利かずに済ませている。運転席の佐光は特に怒ってはいないようだが、無表情で押し黙り、なぜだかすごく話しかけにくい雰囲気だった。

利翔にしても、メイランに関しての情報は衝撃的なものであり、混乱したままの頭のなかを整理してみたかった。

それで利翔は部屋のなかに入ってからも、無言のままでリビングのソファに腰かけ、佐光がキッチンに入っていくのを目で追っている。

スーツの上着を脱ぎ、ネクタイを緩めた男が視界から消えてのち、利翔は数十分ほど前に聞いたタキの声を甦らせた。

――メイランが死んだってえ⁉　それじゃあなにか、俺がもらえる金のほうはどうなったんだ⁉

タキの怒声に応答したのは佐光だった。

――金を引き出すための手段がキャッシュカードなら、あきらめたほうが無難だ。本人が亡くなればその遺産は凍結されるし、ＡＴＭの設置場所にはおおむねカメラがついている。いまから急いで金を引き出そうとしても、犯罪者扱いをされるのが落ちだろう。

タキのこだわりはメイランの生死ではなく、一貫して金のことだけだった。

（いくら事情があるってもなあ……）

いったんは手に入ると知った金が霧消したとわかったタキはヒステリーを起こしたのだ。一方的かつ自分勝手な言い分を撒き散らすタキの台詞を我慢強く繋いでいくと、彼にも相応の理由があるのが利翔にも呑みこめた。

タキには離婚した妻とのあいだに心臓病を患っている娘がいて、その子のために大金がいるらしい。ホストとはいえ、店でのランキングはそこそこのタキにとって娘の養育費と月々の病院代は決して軽いものではなく、金はいくらでも必要ということだった。

――ちっきしょう。手術費用にはまだまだ足りないってのに……あの女、カードじゃなくてせめて現金を遺してくれりゃいいものを。なんでもするって言ってた割にゃ使えねえ女だぜ！

利翔はタキを殴ってやろうとして、しかし結局できなかった。

仮にタキを殴ったところで仕方がない。この一件の当事者たちが大切にしているものはそれぞれ違っているからだ。

メイランはタキのことが大事だったし、タキは病気の娘のほうが大切だ。しょせんそれだけのことではあるし、利翔がとやかく言うようなものではない。しかし、それでもやりきれなさは心に残った。

（この鍵も……結局は無駄になったか？）

メイランが利翔宛ての手紙に入れていたなにかの鍵は、いまの段階では無用なものになっている。佐光が得た情報では、メイランは酒を飲んでいたせいで運転を誤って崖から転落したという。山梨県警はこれを事故として処理する方向で動いているそうだから、利翔が周を怪しいと思っていてもどうすることもできないのだ。

タキは今後も東京を出ないままホストで稼いでいくだろうし、ＳＳＣはそんな彼を保護し続けることはできない。そのうち彼が事故かなにかで死んだとしても誰も不審に感じないのかもしれなかった。

「ちっきしょう。あいつは殺しても死なないタマじゃなかったのかよ。あの男にあんなことを言わせとく女なんかじゃねえだろうに」

メイランが愛していたホストの男は、彼女のことなど少しも愛していなかった。彼女はただ意味もなく金を貢ぎ、自分の妄想に浸ったあげく自滅したのか？

「なあ……メイランは、ほんとにタキを好きだったんかな？　だって、あいつはすんげえ計算高い女で、男なんか自分のための踏み台にしてるとこがあったんだ。夜の商売だったから男には慣れてたし、気まぐれだけど基本は自分の損得勘定を優先させてた。だから、タキに利用されてるだけだって気づいてないのは変じゃねえか？」

うつむいたままぼそぼそ言ったら、佐光はキッチンから取ってきた酒とグラスをリビングのテーブルに置いて応じる。

「案外彼女は気づいていたのかもしれないね。よくあることだが、結婚で生活が安定すると、今度は金とは別のものが欲しくなる。タキとの恋愛は彼女のエゴを満たすものか、それとも真実の想いなのか。いまとなっては、それは誰にもわからないことだろうが」

利翔の隣に腰を下ろして、ふたつのグラスに佐光がそれぞれ酒を注ぐ。ワイルドターキーのオンザロックを利翔に手渡し、自分もそれをひと口飲んだ。

「きみはこのあとどうしたい？」

これもまたD班からの報告でわかったが、ＳＳＣのデータベースを調べた結果、利翔を攫おうとした男たちは台湾人で、裏で周と繋がっている可能性が色濃かった。発信機をつけたのがばれたのか通信は途絶えていたが、最後の行き先は六本木の一角で、そこらあたりは台湾系の店舗が数多くある場所だった。

「周が台湾マフィアとしてそれなりの力を持つ男なら、むしろダークサイドから働きかけてこの一件を手打ちにする方向に持っていくこともできる。私も多少の人脈は持っているから、きみが鍵を手放して、すべてを忘れると言うのなら、周の手出しを抑えこむことも可能だ」

「すべてを忘れるって……最後まで抗えって言ったのはあんただろ？」

「そうだが、改めてきみの覚悟を聞いておきたい。いくらきみが好きだった女性のためでも、この先に踏むこむのならかなり危険ではあるからね」

「ちょ、ちょっと待てよ」

聞き捨てならない台詞を耳にした気がする。グラスを手に、利翔はぐっと佐光のほうに身を乗り出した。

「いまなんて言ったんだ⁉」

「かなり危険だと……」

「そこじゃねえ。まさかあんた、オレがメイランを好きとか思ってねえだろうな！」

よもやと彼を質《ただ》したら、意外そうな面持ちで「違うのか？」と問いかけられた。

「違うよ、違うに決まってんだろ！　あの女とは確かに何回か寝たけどな、好きとかそんなんはどっちもなかった」

「その割に、きみは私を欺いてでも彼女の頼みを聞こうとしていた。彼女のほうもきみに対しては深い信頼が感じられたよ。少なくともあの手紙にはそうした心情が溢《あふ》れていた」

とんでもない誤解だった。利翔はぶんぶんと大きく首を横に振った。

「あの女の頼みを守ろうとしてたのは、ＳＳＣつか、あんたがオレにそういうことを教えてくれたからだろが！　あんたに会ってオレは変わった。オレなんかでもちょっとはましな生き方ができるかもって。そんでもオレは誰かに頼る方法は知らないままで……あんたに自分を預けたら駄目になると思ってた。だけど、あんたが私と一緒に闘えるかと聞いてくれて……オレはあんたについてこうって決めたんだ」

なのに、その佐光からメイランが好きだから動いていたと思われるのはたまらない。

「メイランが好きなのはオレじゃねえし、オレもメイランに恋愛感情を持っちゃいねえ。オレが好きなのは……」

あんただと言いかけて、ハッと利翔は口をつぐんだ。

「あ……と。エキサイトしちまって、オレすげえだっせえな」

顔を背けて、飲む気のない酒のグラスをテーブルの上に戻す。

(勢いで告るとか、んなの無理だし)

そんなことをしてしまえば、彼を困らせるだけだろう。なのに、ゲイでもないこの男は利翔に倣ってグラスを置くと、そっと腕を伸ばしてきて自分の身体を彼のほうに向かせるのだ。

「きみが好きなのは?」

「え……う……」

すぐ目の前には熱っぽい眸をした男がいる。嘘も、本当のことも言えずに利翔は返事に窮してしまった。

「私に教えてくれないか?」

佐光の口調は真剣だったが、そう簡単にうなずけない。

この男と自分とは不釣り合い。それは厳然とした事実なのに、利翔は身の程知らずにもこの男が好きなのだ。

胸を締めつけられながら、視線を下に「やだ」と言ったら、彼がふっと息をついた。

「それなら私のほうから明かそう」

両手で二の腕を掴んだまま、彼が身体を傾けて、利翔の耳元に真摯なささやきを落としてくる。

「私はきみのことが好きだよ」

瞬間、全身がぶるっと震えた。

「う……そだ」

聞き間違いじゃないかと思った。

これほどの男が利翔を好きだなんて。佐光も同じ気持ちだなんて。

「嘘じゃない。きみが好きだ」

ふたたび告げられた佐光の想い。利翔はおずおずと面をあげて、男のまなざしを見直した。

（嘘じゃない……？　佐光はオレを……）

痺れるような情感が利翔の身体を震わせる。ものも言えず佐光をただ見つめるばかりの利翔の前で、彼がゆっくりうなずいた。

「私は本気だよ。もちろん一緒に暮らしはじめたばかりのころはきみをどうこうしようなんて思ってはいなかったけど。きみと知り合って間もないあたりは……そうだね、この説明は不適切かもしれないが、拾った猫に魚の獲りかたを教えるような気持ちだった」

反射的に（猫って……）とは思ったけれど、さっき言われた「好き」の言葉が頭のなかでぐるぐるしていて、反論するゆとりはなかった。

「ことわざにあるんだよ――一匹の魚を猫に与えれば、その日一日は餓《う》えずに済む。けれども魚の獲りかたを教えてやれば、猫は一生餓えずに済む――だから私はきみにひとりでも生きていける方法を教えたかった。もし、私がこの部屋に帰ってこないことがあっても、きみが困らないように」

「もし……って？　なんで、んなこと言うんだよ」

返す声がおぼえず震えた。

「なにか根拠があるわけじゃないけれど、私の部下の出来事もあっただろう？　だから……」

最後まで言わせずに、利翔は佐光の胸倉を摑みあげた。

「やめろ、バカ！　あんたにゃ、んなことは起こらねえ！　ぜってえ、ぜってえに起こらねえ‼」

胸の奥からなにかがぐちゃぐちゃに絡まったまま飛び出してくる。

口惜しいのか、哀《かな》しいのか、腹が立つのか、せつないのか。なにがなんだかわからなくて、佐光の胸を何回も拳で叩いた。

「悪かった。そんなにきみが気にするとは思わなかった」

なだめる口調がより神経を昂らせる。利翔は激情に押されるままに彼の肩に噛みついた。

「こら、痛い」

結構強く齧《かじ》りついてやったのに、佐光はまだ余裕がある。大きな手のひらで後頭部を撫でられて、利翔は「バカ」と唸ったあと、ぱっと身体を翻すと、自分用の寝室に駆けこんだ。

デスクの上にはまるで持ち主の帰りを待っているように、出ていったときのまま携帯と腕時計とが置いてある。

「これ！」

元の場所に取って返すと、右手をぐいと佐光のほうに突き出した。

「あんたがオレにこれをはめろよ！」

握った手にはデスクから取ってきた腕時計。利翔の言動を唐突に感じたのか、佐光が「きみに？」と首を傾《かし》げた。

「あんたがオレを道端から拾ってきたんだ。そんで、私の判断に従えと言ったんだ。あんたはオレがクズのまま、弱いままで死なないようにしてくれんだろ？」

だから誓えと利翔は言った。

「魚の獲りかたを教える気なら、もっとたくさんオレに教えろ。半端に放り出すんじゃねえ。これから先、ずっとずっとあんたはボスで、オレはあんたについていくんだ。だからあんたはこれをはめてオレに誓え。なにがあってもぜってえにオレんとこに還《かえ》ってくるって！」

突き出している利翔の腕が小刻みに揺れていた。それを下からそっと支えて、佐光が時計を自分の手のひらに移し替える。

「誓うよ、利翔。なにがあっても絶対に私はきみの許に還る」

互いのまなざしを合わせたまま、佐光は利翔の指先から時計を通し、細い手首にそれをはめた。

「オレは……」

口に出して好きだとは言えなかったが、たぶん利翔の全身がそれを訴えていたのだろう。近づいてくる唇が待ちきれず、自分のほうから腕を伸ばして首を引き寄せ、彼のキスを求めたから。

「ん……んっ……」

舌を男の口腔に差し入れて、深いキスを奪い取る。自分の膝を佐光の腿に乗りあげて、上からの体勢で彼の口づけを貪った。

佐光が欲しくてたまらなくて、このまま彼を押し倒してどうにかしてしまいたい。なのに、佐光は利翔のキスにつきあうだけつきあうと、それ以上はなにもせず唇を離してしまった。

「明日は外出するからね。今度の相手は少しばかり難物なんだ。きみは怪我をしているし、今夜はもう寝たほうがいい」

「……しねえのか？」

利翔は随分と拗《す》ねた顔つきになっていたに違いない。佐光が少し困った顔で、絆創膏と湿布とが貼られている利翔の腕を持ちあげた。

「これを見てごらん。きみの傷の手当てをしたのは私なんだ。したいのはやまやまなんだが、こんな怪我人に無茶する訳にはいかないからね」

そんなことをあっさりと言ってのける佐光の理性が恨めしい。

好きだと言ってくれはしたが、やはり男相手ではその気になれないからだろうか？

「傷ったって、打ち身だけだ。ちょっとばかしあんたが加減すりゃできんじゃねえの？」

佐光と離れて寝に行くのが残念で、もうひと押ししてみたが「今夜は駄目だよ」と言われてしまった。

「ま……いいけどさ。あんたはボスだし、オレはあんたの判断に従うって決めたんだしな」

しかたがないかとしぶしぶ今晩はあきらめる。そうして佐光の膝を下りかけ（ああそうだった）と思い出した。

「なあ、あのさ……すげえ変なこと言っていいか？」

こんなことを佐光に明かそうとしていたのは、たぶん利翔が疲れていて頭の動きが鈍っていたのと、さっきのキスとでおかしくなっていたからだろう。相手がうなずくのを待ってから、思いつくまま口にする。

「あんときに……あんたはオレのなかに出したろ？　あのあとオレはざっと身体を拭いただけで部屋を出ていったんだけど、あんたのやつが残ってんのも……悪くないって思ったんだ。変なんだけど、あんたがずっとオレのなかにいるみた……っ⁉」

話の途中でいきなり視界が大きく回った。一瞬後には背中にソファ、そしてつい目の先には覆いかぶさる体勢の佐光がいる。

「私の気も知らないで、この馬鹿猫が！」

「なっ、なん……っ」

その言いかたはないだろう⁉　抗議しかけた唇を男のそれで塞がれる。

「ん、んっ、んん――……っ！」

そのあとは猛烈なキスに見舞われ、苦しくなって暴れても許してはもらえない。

それからどのくらい容赦ないキスに晒されていたのだろうか、唇が腫れ、舌が痺れて、もうできないと音をあげたのに、佐光はやめてくれなかった。

気づいたら、酸欠で半ば失神しかけていて、ぐったりとなった身体を彼は横抱きに持ちあげると、利翔のベッドまで運んでいってその上に転がした。

「朝までそこから出てくるな！」

半勃ちでいたものがいっきにうなだれてしまうようなきつい声音。ドアが閉められる大きな響きに身をすくめてから、利翔はもそもそと布団のなかにもぐりこみ、命令どおり朝までそこに丸まっていた。

◇　◇

翌朝はシャワーを浴びて、いつものようにハムエッグをふたりで食べると、佐光に連れられて外に出る。ゆうべのことがあったから利翔は寝室から出ていきにくい気分でいたが、いざ顔を合わせると、彼はすっかりいつもと変わらない様子だった。

「これからどこに行く気なんだ？」

「呉《ウー》のところ」

「って、この前行った老人ホーム？」

そうだと佐光はうなずいた。利翔はそれ以上詮索《せんさく》せずに、自分の携帯電話を取り出す。

詳しい事情を説明する必要があるのなら、彼はそれを明かしただろう。しかしそうではなかったから、その部分は彼の判断に任せておいて、自分は自分のすることを進めておくつもりだった。

「駅に着くまでに、ちょっと電話をかけていいか？　メイランの元恋人で紫ってやつのとこ」

「ああ。トゥーランドットの女店長？」

この返事からすると、ゆうべのうちに佐光はほとんどの情報を集めてしまったのかもしれない。彼の技量に舌を巻きつつ紫の番号にかけてみれば、まだ早い時間にもかかわらずワンコール目で彼女が出てきた。

『遅いわね。ようやく電話？　こっちは痺れを切らしてたわよ』

第一声がそれだった。ごめんと言うのも癪だったが、これから伝える内容もある。

「悪いな、こっちもばたばたしてた。けどタキは保護したぜ」

『確かにばたばただったみたいね。あのバッティングセンター前での立ち回り、あれはあんただったんでしょう？』

さすがに紫も新宿を根城にしているだけあって、事情通のところを見せた。

『あんたとトラブってた連中の目星はついてる？』

「台湾人で、六本木にシマがありそうってくらいかな」

『結構いい線までいってるじゃない。あいつらきっと台湾マフィアの構成員よ。あの連中はこっちのシマ内まで出張ってきて頻繁に動いてたって話もあるし、ここ最近、台湾系の連中が目立った動きをしてるから。どうやら山岡《やまおか》組とつるんでた連中がトラブルを起こしたらしいわ。その原因はヤクでも、オンナでもないようだって……あたしが知ったのはそれくらいね』

それきり紫が電話の向こうで黙りこむ。利翔もしばし黙していたあと、どうしても伝えなければいけないことを彼女に話そうと口火を切った。

「あの、な……」

『その先は言わないで。あたしはもう知ってるから』

利翔は「そうか」とつぶやくしかできなかった。

メイランにいまでも想いを残している紫の気持ちを想像すれば、ただ胸が痛くて苦しい。

『ほんっとに馬鹿な娘よ……あたしに宛てていっぱい手紙を寄越してさ。あそこになにが書いてあったとあんたは思う？』

聞きはしたが、答えはいらなかったのだろう、紫がふたたび言葉を続ける。

『旦那がどれだけ金持ちで自分に贅沢させてくれているのかと、タキって男の惚気《のろけ》ばっかり。そんなのをあたしに読ませて、どうするつもりだったのかしら。自分は幸せでたまんないって、自慢する手紙を書いて……とどのつまりが車と一緒に黒焦げってさ、なんかもう嗤うも怒るもできない感じ』

紫はいま、泣き笑いの顔をしているのじゃないかと利翔は思った。

『まあいいわ。とりあえずタキの保護をしてやってよ。あたしは別にどうでもいいけど、あの娘はそれを望んだだろうし。あんたの言ってた警備関係の仕事っての、そっちで正式に依頼をしろってことだったらそうしてもいいからね』

どうでもいいと言いながら、紫はタキを守るために金まで出して頼もうとする。彼女の心情が哀しくて、けれども利翔はあえて平静を装った。

「仕事の依頼はオレの一存じゃ決められねえんだ。どっちにしても、タキの保護は継続してる。この一件が決着したら、またあんたに連絡するから」

『そうね、わかった』

紫との通話を終えると、利翔は黙々と歩を運ぶ。しばしのちに駅への階段を下りながら、隣の男に紫の発言をすべて話した。

「山岡組とのトラブルか。その原因はヤクでもオンナでもないとすると……」

「なんなんだ？」

「武器類かもしれないね」

あっさりと佐光は言った。

「山岡組は三誠会《さんせいかい》との対立が表面化しつつあるから、武器の調達は必須だろう。周敦凱がそれに一枚嚙んでいたら、きみが持っているその鍵の使いどころもあるんだが」

「この鍵の……？」

メイランが寄越した鍵は、彼女からの手紙とともに尻ポケットに入れてある。

「そのあたりは呉に協力を得られればなんとかなる。ただし、彼がその気になってくれたらだけど」

「断られたら？」

券売機の列に並んで佐光に聞いたら、彼がひとつ肩をすくめる。

「私は彼に貸しがあるんだ。ずるいかもしれないが、今回はそれを思い出してもらう」

簡単に述べているが、佐光の表情は硬かった。呉を動かすのは佐光でも容易ではないのだろう。大丈夫かとはあえて聞かず、利翔はにやっと笑ってみせる。

「なんとかなるって。オレがついてる」

「ああそうだね。頼りにしてるよ」

これはどちらも根拠のない戯言《ざれごと》の範疇《はんちゅう》で、利翔の出る幕はおそらくないはずだった。しかし、そののち訪ねていった老人ホームの一室で、呉は佐光からおよその顚末《てんまつ》を耳にすると、利翔に向けてこっちに来いと手招きした。

「おまえさんは昨日わしを尾行《つけ》ていた子供だな。途中で気を散らしていたが、おおむねは筋がよかった」

孫を褒める口調だったが、利翔の尾行に気づいていたというあたり、呉がにこにこしていても気は抜けない。子供扱いされていても言い返しはしないまま、相手の出方をじっと待つ。

「このたびのこと匡英から聞きはしたが、おまえさんの心持ちはどうなのだ？　おまえさんはこの爺《じじい》になにをさせたいと思っておる?」

問われて利翔は少し考え、ありのままの自分の気持ちを言うことにした。

「オレはメイランと紫の望みを叶えてやりたい。そのために力を貸してほしいんだ」

「なんのために望みを叶えてやりたいのだ?」

「あいつらに頼まれたから」

呉はゆったりと安楽椅子に腰かけていて、利翔はその前に立っていた。位置的には利翔が見下ろす立場だが、気分はまるきり逆である。

彼と間近に接していると、皮膚がぴりぴりするような強い緊張感をおぼえる。ここが清潔な老人ホームの一室で、窓辺からは暖かな陽光が差しこんでいるにしても、この老人は見た目どおりの存在ではないからだ。

「いきなりここに押しかけてきて、失礼なのはわかってる。だけど、あんたに力を貸してほしいんだ。オレは別に正義の味方って柄じゃねえし、メイランの仇《かたき》を取ろうって息巻いてる訳でもねえ。あの女にはあの女の生き方があったから、その結末はやっぱりあいつが引き受けなくちゃならねえんだ。そんでも、オレは生きてたときのメイランに頼まれた。あいつのそれはすんげえ勝手な言い分で、もういっぺん会えるんだったら、ふざけんなって断れるけど、もうそれはできねえし。だから、オレはあいつの依頼を果たさなくちゃなんねんだ。そのためだったら、やれることはなんでもやる。もしも、あんたがそのためになんかしろって言うんだったら、ちゃんと言いつけは守るから」

利翔の発言は本気だったが、頼みをすげなく退けられてもなにも不思議はなかっただろう。しかしその予想に反して、呉は考える表情になる。

「ふむ。そうか。なんでもな……」

つぶやくと、杖を支えに立ちあがり、ライティングデスクのところまで歩いていく。

「それならば、見返りをもらおうか」

呉が抽斗《ひきだし》から取り出したのはなんの変哲もない事務用のカッターナイフで、それを受け取れと差し出した。

「難しいことはない。左の耳たぶひとつでいい」

孫に飴玉《あめだま》を与えてやるやさしい祖父であるかのように、呉はそれを笑顔で言った。

「さあどうした？　言いつけを守るのではなかったのか？」

呉は利翔に覚悟と代償を求めているのだ。かつての顔役、あるいはいまでも現役かもしれない男を動かすのは容易《たやす》くないと。

ごくんと唾《つば》を呑み、利翔がナイフを受け取ったとき、すっと佐光が足を進めた。

「見返りに血を望むとは、随分とあなたらしくないですね」

男の声は静かだったが、利翔は思わず息を呑み、呉はわずかに表情を硬くした。

「それともこのことで私を試すつもりですか？」

「試しておるのは匡英ではなく、この子供だが？」

「そ……だぞ。あんたがオレをかばってくれてんのはわかるけど、これはオレがやんなきゃいけねえことだから」

頬を強張らせていたものの、なんとか利翔は言いきった。

「オレはピアスとか趣味じゃねえし、耳たぶがなくたって別に残念なこともねえんだ」

カッターナイフを握る手は震えていたが、自分を叱咤して腕をあげる。佐光のほうはちらりとも見ず、耳のつけ根に刃を当てて、おのれの覚悟を決めるためにひと呼吸したときだった。

「……もうよい」と呉が言った。それからナイフを返せというように手のひらをこちらに差し出す。

「けど！」

「おまえさんの覚悟はわかった。本来なら耳たぶのひとつくらいもらってもいいところだが、そっちの男が許しそうもないのでな」

ナイフを受け取り、それを抽斗に戻しながら呉はちらりと佐光を見やる。

「わしは匡英を見誤っていたようだな。もっと非凡な男かと思っていたが、子供に甘いただの保護者に成り下がるとは」

「私は元々平凡な男なので」

ですが、と佐光は言葉を繋ぐ。

「子供の保護者になったおぼえはありませんよ。私は彼をそういうふうに甘やかしてはいませんからね」

「だといいがの」

呉はふんと鼻をひとつ鳴らしてから、利翔に向けて邪魔な猫でも追うように「もう帰れ」と言い放った。

「せっかく足の痛みが少ないいい日かと思ったら、つまらないことばかり聞く。匡英も酔狂な男だな。こんな子供に肩入れし、自ら弱みをかかえるとはの」

「心配してくださって恐縮ですが、別に弱みとは思いませんよ。彼はいずれ私を支える砦《とりで》になる男ですから」

佐光は迷いもなく言いきったが、呉はいっこうに感心しないふうだった。

「なんとまあ匡英は無闇とこの子を買いかぶっているものだ。それならわしもひとつこの子を見立ててやろうか？」

低いつぶやきが落ちた直後、呉が利翔に視線を据えた。とたん、全身が硬く強張る。

（……う）

ちいさな老人の全身がいっきに大きく膨れあがったような気がした。さきほどまであったはずの普通の老人は影もなく、室内の陽光さえも翳《かげ》ったように感じられる。

ここにいるのは無力で無害な老人ではなく、他者を圧倒するほどの威厳を身に纏う巨魁《きょかい》だった。

利翔は眼前にある人物から目を逸らしたい衝動を、必死になってこらえている。圧迫感に耐えかねて逃げた瞬間に負けが決まる。理屈ではなくそれがわかって、利翔は唇を噛み締めてこの重圧をしのごうとした。

（くそ……！）

けれどもそれは決して容易いことではなく、足は勝手に震えてくるし、自分の頭をかかえこんでしゃがみたい誘惑に襲われている。それでもどうにか踏みとどまったままでいると、ようやく相手が視線を外した。

「は……」

ほっとしてから目線を戻すと、呉はすでにやさしげな老人に戻っていた。

「無鉄砲な子供だし、思慮に欠けたところはあるが、気概だけは備えておるな。途中で折れてしまわなければ、いずれ化けると思っているのか？」

最後の部分は佐光に聞いたようだった。言葉につられて振り向けば、深みのあるまなざしと視線がかち合う。

「先のことはわかりませんが、気概だけは備えているには賛成ですね」

佐光が言って、くすりと笑う。

「それと、確かに思慮に欠けたところもあるし」

そこらあたりでようやく日常の感覚が戻ってきて、文句を言うほどの気力が戻った。

「ふん。うっせえよ。思慮に欠けてて悪かったな。あんたみたいにオレは頭がよくねんだ。身体使うしかねえんだよ」

「いやそうじゃなく、私は褒めているんだよ。本当にきみはよく頑張っている。殴られても、蹴られてもへこたれないし、ゆうべは私を困らせるほど元気があったようだしね」

「あっ、あんたそれ、褒めてねえから！」

暗に利翔が誘ったことを当て擦られて、顔を真っ赤にしながらも反駁《はんばく》すれば、脇で呉が呆れたような顔をした。

「いやはや、ふたりとも図太いという点では共通しておるのだな。このわしの目の前で痴話喧嘩をした輩《やから》などおぼえがないぞ。似た者同士で結構なんだが、わしはこれから娯楽室で碁を打つのでな。そろそろ帰ってもらいたい」

佐光ともどもしっしっと手を振られ、ふたりは挨拶もそこそこに呉の部屋から立ち去らねばならなくなった。しばらくは気まずい気分で歩を運び、ホームの外に出るころに利翔がなにか言おうとしたら、佐光がそれに先んじた。

「その、からかってすまなかった」

「いや。オレも、つい……」

つかの間言葉が途切れたあとで、佐光が調子を変えて告げる。

「それとこちらは重要な連絡だ。じっとしているのは苦手だろうが、このあとは私のほうが前面に出る。きみは後方で私からの連絡を待ってほしい」

「って、そりゃねえだろう。ここまできといて、オレを蚊帳《かや》の外に置く気か⁉」

自分だけが暢気《のんき》に待ってはいられない。そういう気持ちで反発したが、佐光は頑として譲らなかった。

「この段できみがふたたび襲われることになれば、よけいに事態が紛糾する。後方に下がっているのも大切な支援だよ」

「けど、オレは……！」

「きみに選択の余地はないんだ。呉がいったん腰をあげれば、裏社会全体に大きな力が作用する。私はそれの調整にかかりきりになるからね。このあときみは絶対になにもするな」

「それは命令か？」

「そのとおり」

うっせえよと返すことはできなかった。すでに隠居しているとはいえ、香港黒社会の大立者が動くとなれば、その影響は計り知れない。自分から頼んでおいて、おのれの勝手で事態を引っ掻き回すのは迷惑以外の何物でもないだろう。

「わかったよ。オレはこっからまっすぐに帰っから。あんたがもういいと言ってくるまで家にいりゃいいんだな？」

利翔が素直に受け入れたので、佐光はほっとしたようだった。

「そうだ。頼むよ」

「あんたはどうする？」

「私はこれからＳＳＣに向かうつもりだ」

そう言った佐光とはこのあと乗った電車で別れた。

車内の佐光は身体だけをここに置き、頭はどこかよそに飛ばしているふうで、降り際に「気をつけて」と言ったほかは口を閉ざしたままだった。

やがて自らも電車を降りて乗り換え駅のコンコースを歩きながら、利翔はしかし置いていかれたとは思わなかった。

（オレは佐光の判断に従うから）

彼は利翔が後方にいることも支援と言った。ならば、自分はそのとおりにするまでだ。

いつかもっと能力が増したときには、最後の最後まで佐光の隣に立っている資格ができる。その能力がたったいま欲しいけれど、おそらくそれは長い時間を積み重ねてようやく得られるものなのだろう。

そのときまではこうして佐光を邪魔しないようじっとしているしかない。

（……クソッ）

けれどもやはり、頭のなかで理解するのと口惜しいのとは別だった。

（待ってやがれ。いつかぜってえあんたに追いついて、追い越してやるからな）

それは今後、利翔の生涯を通じての目標となるのだが、いまはただ自分の無能さに腹が立ってならなかった。

◇　◇

そののちの三日間を利翔はマンションの部屋で過ごした。確認のついでだろうが、ＳＳＣの社員が朝晩食料品を届けに来るので、外出はしなくても特に不自由は感じなかった。四日目には佐光が電話をかけてきて『近くに買い物に行くくらいは許可するよ』と通達してくる。

「てえことは、山場は越したか？」

『まずまずね。まもなくきみを呼び出すから。それまでもう少し我慢してくれ』

会話はそれで終わったが、佐光は次の日また電話をかけてきて、呆れた調子で苦言を呈する。

『買い物に行っていいとは言ったけどね、そのときにきみの見守りを撒くのは遠慮してくれないか。あれでも彼はベテランなんだよ。面目が潰れてしまって気の毒だ』

「んだって、鬱陶しいんだよ。これでもオレは我慢してんだ。あんたが言うからここでじっとしてんだからな」

利翔が口を尖《とが》らせると、通話の先で男が苦笑する気配があった。

『ああまあね。きみが我慢しているお陰で、事態はひとまず決着する予定だよ』

そのあとの佐光の話で、利翔が持っていた鍵はやはり周の武器庫のものであり、そこの在《あ》り処《か》が判明したと伝えられた。場所は神奈川県にある工場の倉庫のひとつで、内部には二十丁あまりの銃と弾薬、それに発破が隠してあったということだった。

『銃はトカレフと、コルトが五丁。それに東南アジア製の密造銃だ。発破は3号と呼ばれるもので、ダンボールに三箱分も見つかった』

「発破って……ダイナマイトか？」

『そうだよ。3号桐は産業用に使うものだが、爆速は秒で5800メートル以上にもなる。それが百本近くも見つかったんだ。神奈川県警は色めき立ってそれらの所有者を追っている』

「武器庫の場所を通報したのか？　じゃあ周は警察に捕まるんだな？」

『さあどうだろうか。捕まるかもしれないし、危険を察知していまごろは本国に高飛びしようとしているかもしれないね』

佐光は周が逮捕されるか否かに関して興味がないようだった。

「あんた、元警察庁のエリートとも思えねえ台詞だな」

『周が法律で裁かれるかどうかについては私の管轄ではないのでね。この状況をうまく使って後腐れない大金を捻出《ねんしゅつ》するのと、タキの安全を確保すること。私の仕事はそれだけだ』

佐光の発言は正しかった。周はメイランを殺したのかもしれないが、いまのところ証拠もないし、彼女の仇討《あだうち》をするのが今回の目的ではない。

「あんたはいっつもブレねんだよな。そういうとこ、すげえと思う」

ただ純粋に感心してつぶやくと、佐光が『きみもね』と言ってきた。

『呉を訪ねていったとき、きみは自分の耳たぶを切り落とそうとしただろう。そこまで吹っきれるきみはすごいと感じたよ』

「あれは……ただ、そうしなきゃなんねえかなって」

言いかけて、ふっと利翔は気になることを思い出した。

「そういや、あんたが呉に貸しがあることってなんだ？」

訊ねると、数瞬置いて佐光が答える。

『昔、赤信号で渡ろうとしていたところをとっさに私が引き止めたんだ。そうしなければ車に轢《ひ》かれるとわかっていたら、誰だってそうするだろう？』

これはきっと比喩《ひゆ》だろうが、呉は佐光に命を救われた経緯がある。詳しい事情はともかくも、そのことだけは理解できた。

「……オレもあんたに借りができたな」

彼女たちの依頼から報酬は得られない。なのに佐光はＳＳＣの社員と機材とを稼働させた。協力を申し出たのは確かに佐光のほうだったのだが、利翔が望んだことを彼のツケにしてしまってそれでいいとは思えなかった。

『それならこの件が片づいたら、私にハムエッグをご馳走《ちそう》してくれないか？　それで貸しはなしにしよう』

「たったそんだけ？」

利翔の驚きに佐光が澄まして『ああ』と答える。

『あれに慣れたら、ほかのは食べられなくなったんだ』

携帯を当てた耳が熱くなっているのを感じる。平然とこんな台詞を述べるのも佐光という男なのだ。

「あんた、やっぱオレんこと甘やかし過ぎ」

◇　　◇

その会話をふたりが交わした翌々日に、利翔は佐光から呼び出された。場所は東京駅で、新幹線の改札口を抜けたところに佐光とタキとが待っている。

「あぁご苦労さま」

「ご苦労さんはあんただろ。オレはなにもしちゃいねえ」

佐光にはそう返して、隣にいる男を見やる。今日のタキはシンプルなカットソーにジーンズの服装で、この格好だと到底ホストとは思えなかった。

日用品を入れているのかナイロンバッグを手に提げて、ごく平凡な男に様変わりしているタキは、ぺこりと頭を下げてみせる。

「まぁなんつうか、世話になったな」

（それだけかよ）と思いはしたが、元々タキに感謝されたくてしたことではない。黙ってうなずくと、佐光がタキをうながして階段をあがりはじめる。着いたホームには博多行きの列車が出発待ちをしていて、タキはその乗り口の前まで行った。

「佐光さん、本当にありがとうございました」

利翔にしたよりよほど丁寧な口調で深々と腰を折る。

「いろいろと親身になって力を貸してくださって。俺、この恩は忘れません。これからは真面目に暮らしていくつもりです。あの、お仕事大変でしょうけど、お元気でいてください」

「きみも元気で」

いかにも実直そうな心のこもった挨拶にさらりと返し、佐光は利翔の顔を眺める。こちらがぶすっとしていたのが可笑《おか》しいのか、彼は頬を緩ませて「このひとになにか言いたいことがあるかい？」と聞いてきた。

「んなもんねえし」

そっけなく応じてから、メイランの伝言を思い出した。

「あ。そういや、いっこあったっけ。メイランがオレに宛てた手紙には――彼に会ったらあたしがすごく愛してるって伝えといて。そのうちあたしが直接会って彼に言うけど――そう書いてあったんだ」

聞いた直後、タキの顔がくしゃりと歪む。泣くのかと思ったが、寸前彼はふてぶてしい笑みを作り「知ったことか」と嘯《うそぶ》いた。

「てめ……！」

カッとなった利翔の肩を佐光が押さえる。

「乗りなさい。まもなく発車だ」

タキは佐光に会釈すると、それきり後ろはいっさい見ずに列車のなかへと姿を消した。

やがてゆるやかに動きはじめた列車を前に利翔がむっつりと押し黙ったままでいたら、脇から男の声がする。

「彼は自分のために亡くなった女に対して罪悪感を持ちたくないんだ。そうするのはあまりにも怖いから。卑怯《ひきょう》だと責めるのは容易いが、あれは彼の生き延びるための逃げだよ」

わかっていると利翔は思った。わかりたくもないけれど。

「彼はこれから九州で生活する。久留米《くるめ》市にある実家近くの病院に子供を移し、自身は博多の運送店に勤めるそうだ。娘が元気になるまでに金を貯めて、いずれ一緒に暮らすつもりだと言っていた」

「そっか……」

タキにとってメイランは少しも大事な存在ではなかったのだ。

前にも感じたが、メイランはそれを本当に勘づいてはいなかったのか？

「あのさ。オレ、ここに来る前に紫んとこに電話したんだ。あいつはオレに礼を言って、もうこの件は忘れるって言ってたけど、ほんとのとこはどうなんだろな？」

「さあどうかな。本当のところなど当人にしかわからない。彼女はもちろん、タキの気持ちも、メイランの本心も。あるいはその当人にもわからないかもしれないね」

利翔はこくんとうなずいた。

紫にはプライドがあったから、ふられたときにメイランを追いかけなかった。その後メイランは自らが望んだとおり金持ち男と結婚し、真に愛すると思われる男を作った。そして、紫に宛てて自分の幸せを何通もの手紙に綴《つづ》った。

（あれは彼女の本心なんかな……？）

利翔の手紙に怖くないと二度書いたメイランは、実は周を恐れていたのだと思う。自分の野心を叶えるために紫を捨てたメイランは幸せにならなければいけなかった。

もしかしたら、あの手紙はそんな彼女の想いが書かせたものかもしれない。

周は結局台湾に高飛びし、タキは博多に居を移し、メイランは亡くなった。当事者すべてがいなくなった新宿で、紫はなにを思うのだろう。

「彼らにとって、恋と、エゴと、執着は、どこからどこと切り分けられるものではないかもしれないな」

列車の去った線路を見ながら佐光がそんなことを言う。

「後悔も、恨みも、懼《おそ》れも、恋着も、それだけを心から切り出す訳にはいかないからね」

善いものも悪いものも不可分に混じり合う彼らの心。けれどもそれは利翔にしても同じではなかったか？

事実佐光に対しては、好意や憧《あこが》れと同じくらいに苛立ちと不安とを感じている。彼の存在をときには遠いものに思うし、ゲイではない男から好きだと言われて、どこまで信じていいのかと迷いもする。

利翔のこれまでの経験では、自分に寄せられる好意などさほど長続きはしなかった。

自分の肩に置かれている彼の手は、ここからいつ離れていっても少しも不思議ではないのだろう。

だけど……。

「なあ……あんたは呉にこう言ったよな？――彼はいずれ私を支える砦になる男だ――って。あれはほんとの気持ちなのか？」

「もちろんそうだよ」

即座に応じる男の心を信じたい。相手の気持ちが薄れることに怯《おび》えるあまり自ら心を閉ざしたくない。迷いながら、悩みながら、それでも利翔は佐光の傍《そば》にいたいのだ。

「オレはいつかぜってえにそうなってみせるから。最後の最後まであんたの隣に立っている男になる」

利翔が見てきた恋愛はそのいずれもが移ろいやすく、時間が経てば容易に褪《あ》せる。不変のそれもあるのかもしれないが、いまはまだ想像もつかなかった。

「オレはあんたを支えるし、いつでもあんたの傍にいる。なにがあってもオレはあんたを裏切らない」

利翔のなかで激しく湧《わ》きあがるこの想い。

エゴと、執着と、懼《おそ》れとを不可分にして、さらに強い絆《きずな》で佐光と繋がりたい。

「あんたが絶対にオレの許に還るなら、オレはあんたが本気で頼みにする男になる。たとえあんたがどこにいたって独りじゃないって思わせる。だから……」

言葉は詰まってしまったけれど、なんとしても泣きたくなかった。拳を固く握り締め、目の奥が痛くなるほど佐光を睨みつけていたら、彼もまた瞬きひとつしないまま低い声を落としてくる。

「きみは本当に……私を煽《あお》ることにかけては天才級の腕前だね」

そうして佐光は利翔を抱き寄せ、唇を近づけてきた。

真昼間の駅のホームで、随分とたくさんの人々が口づけを交わし合うふたりを見たかもしれないが、そんなことはどうでもよかった。

佐光が利翔を求めている、そして自分も同じくらいに彼の存在を必要だと感じている。それ以上に大事なことはなかったから。

◇　　◇

「ん……あ、ふ……っ」

佐光の部屋にもどってすぐ、まだ靴も脱がないうちから彼は利翔を抱き締めて深いキスを与えてくる。利翔も負けじと挿し入れられた舌を強く吸いあげて、彼に応えていたけれど、途中でふっとあることに気がついた。

「ん、ん……っ、くぅ、ん、んん——っ！」

ちょっとやめろと言うつもりでもがいたが、少しも彼は腕の力を緩めない。それに唇もいっこうに離す気配をみせないから、利翔は実力行使に訴え彼の頬を引っ掻いた。

「こら痛い。……どうしたんだい？」

かなり強めに引っ掻くと、佐光がようやく顔を離して問いかける。

「どうしたもこうしたもねえ。あんた、オレを持ちあげんなよ。足が宙に浮いちまってる」

子供みたいに軽々と吊りあげられて、両脚がぷらんとなっている体勢は男の沽券《こけん》にかかわる気がする。文句をつけたら、佐光がひょいと首を傾げて足元を見た。

「ああ本当だ。いつの間にか抱きあげていたんだね」

「いつの間にかじゃねえっつの。気がついたんならすぐ下ろせ」

「だけど、このほうがよくないか？　きみは首が痛くないし、私も腰がつらくない」

「よくねえよ。つまりはオレがチビだって言いてえのかよ！」

むっとして返したら「ああすまないね」とあやまりながら佐光がまたキスをした。

マイペースなこの男は詫びを口にしたくせに、態度のほうは改める気持ちがないのか、相変わらず利翔の身体を抱きあげたまま好き放題に唇を貪ってくる。

「む、ん、ん……っ」

脛を何回か蹴飛ばすと、ようやく利翔を下ろしたが、懲りない男は玄関先で利翔のシャツを脱がそうとする。

ボタンを外され「なにすんだ！」とわめいたら「なにって……」と呆れられた。

「きみは私とセックスをする気がないのか？」

「セッ……は、あるけど、まだここは玄関なんだぞ！」

はっきりとそんな単語を口にされると恥ずかしい。赤くなったら、佐光が両眉をあげてみせた。

「きみはベッド以外では一回もしたことがない？」

「あるさ、あるけど！」

抱かれるほうは慣れていないし、なによりも佐光とだから恥ずかしいのだ。

「そんでもシャワーを浴びてから、ベッドでやろうぜ。時間がない訳じゃねえんだし」

こちらも佐光を欲しい気持ちは充分あるが、初夏の気温が利翔の身体を汗ばませている。できれば清潔な肌に触れてもらいたかった。

「シャワーを浴びてか……そう言えば、きみは綺麗好きだった」

ふむ、と腑《ふ》に落ちた顔をして、佐光が利翔を肩の上に担ぎあげる。

「ちょ、なにを……!?」

「暴れないで。いま靴を脱がせてる」

言葉どおりのことをすると、佐光は自らも靴を脱いで、部屋の奥に向かっていく。

「シャワーをしたいなら一緒に入ろう。きみを待っているよりもそのほうがずっと楽しそうだから」

「楽し、って……あんたと一緒に⁉」

「私の判断に従うんだろう？」

「そっ、それとこれとは……や、んっ、んんん……っ」

長い脚の佐光は速やかに浴室前までたどり着き、利翔を床に下ろしてすぐに激しいキスを仕掛けてきた。

今度のそれは玄関でしていたよりも攻撃的で、彼の勢いとテクニックに押されているうち、どちらも裸で脱衣所から浴室に入っている。

「あ、あんた、ちょっと強引過ぎ……や、もうそれは……唇が腫れて痛い」

ノズルから噴き出してくる湯を浴びながら利翔がキスを拒んだら、佐光が微笑を頬に浮かべた。

全裸の佐光は利翔が惚れ惚れするほどに見事な肉体をしていたが、その笑顔には嫌な予感しかおぼえない。彼は案の定、「口が嫌ならここにしようか？」と利翔のそれを握ってくる。

「あんた、それってオヤジくせえよ！」

わめいたのには照れも充分入っていたが、佐光は少々機嫌を悪くしたようだった。

「しかたがないね。きみとは随分歳が違う」

そう言ったあと、利翔のしるしを扱いてきて、それがまたものすごく巧みでいやらしかったから。

「あ……や……出、出る……っ、から……っ」

「出していいよ」

濡れ髪の佐光は大人の男の色気に溢れていて、利翔の胸をおかしな具合に跳ねさせる。そのうえ利翔の性器をいじる仕草にも抜かりはなくて、たまらず訴える声が出た。

「やだっ、そこっ……そんな、擦っ……たらっ」

本当に我慢できずに洩らしてしまう。

「いいから。ほら、達きなさい」

「あう」

びくんと背筋が突っ張って、直後に精液が迸る。

女相手ではおぼえがないほどあっけなく埒《らち》をあけ、息を乱す利翔の顔には、羞恥《しゅうち》と、快感と、あせる気持ちとが交じり合う。

「可愛いな」

佐光は利翔の頬にひとつキスすると、その場ですっと腰を下ろした。

「わ、待てよ……っ」

達ったばかりのそれを男に咥えられ、利翔は目を白黒させた。

「やだ、やめろ！」

半ばうなだれた利翔の性器は先のところが真っ赤になって、すごく敏感になっている。そこを男の口腔に包みこまれ、舌先でいやらしく突《つつ》かれれば、腰が卑猥《ひわい》に振れてくる。

「やだって……そんな」

佐光が自分のそれを咥え、そこからいやらしい水音を立てている。視覚からの刺激も利翔には相当で、見たくないのに目が離せない。

(なっ、なんでオレのを……んなに美味そうにしゃぶってんだよ)

前髪が額に落ちて、目を伏せがちにしている佐光は、驚くくらいフェラが上手だ。彼のような男が自分の足元に跪《ひざまず》き、おのれのしるしを奉仕している。

その光景は実際の感触と相まって、利翔の理性をぐずぐずに崩してしまう。

「な……オレばっか、嫌だ、から……」

抵抗できない利翔のそれは男の刺激でまたしても体積を増やしていき、次の絶頂を目指そうとする。自分だけが達かされるのは嫌だと言って、佐光の髪を摑んだら、ようやく口を離してくれた。

「はっ……あ、あんたのもっ、オレにさせろよ」

恨みがましく睨んだら、佐光が笑って立ちあがる。

「いいよ……ほら」

利翔の手を取って、自分のそこに触れさせせる。と、思わずびくっとするくらいそれは逞しく張《みなぎ》っていた。

「どうしたんだい？　してくれるんじゃなかったのか？」

くすっと洩らして、利翔の耳たぶにキスをする。

「ここが切り取られずに済んでよかった」

佐光はその部分をねっとりと舐めながら低い響きを耳の孔に注ぎこんだ。

「んっ……」

ぞくっとくる感覚に、知らず目を閉じて肩をすくめる。すると、佐光はますますそこを攻めながら利翔の胸を大きな手のひらで撫でてきた。

「あっん、や……」

乳首を指先で擦られて、かすかな吐息を洩らしたら、突起を摘まんで揉《も》みあげられる。

「ここが感じる？」

「あ、あっ……ん、ぅっ」

佐光はやさしい表情と、意地悪な手つきとで、利翔の心身を翻弄し、のっぴきならないところまで追い詰めていく。佐光のものを擦る動作もままならず、利翔は「駄目だ」と彼の胸を押し返した。

「女じゃねえんだ。胸なんかいじんな、バカ」

「女じゃないのはわかっているよ。きみの胸はそれよりずっとちいさくて可愛いから」

しれっとそんなことを言い、乳首にキスを落としてくる。

「ん、んなことを言ってほしい訳じゃなくて……あ、ん……もっ、そーゆーのはいいから入れろよ！」

ちゅっちゅっと尖りにキスする男の仕草が妙にこそばゆくて恥ずかしい。愛撫《あいぶ》なんかいらないと思って言ったら、佐光が驚いた顔をした。

「入れるって？」

「あんたのこれ、充分大きくなってんぞ。とっととオレに入れちまえ」

「すぐには無理だよ。きみのなかは狭いから」

言いながら背後から手を伸ばし尻の奥に触れてくる。一度はそこに入れたことを思い出させる男の動作に利翔の頬が熱くなった。

「い、いいんだって。前にもちゃんと入ったろ！」

「前のときには全部入れていなかったんだ」

「え……嘘⁉」

あの圧迫感で、すべてじゃなかった？

「今度は全部きみのなかに入りたい。だから準備をさせてほしい」

「じゅ、準備って……⁉」

「きみの内部を指で拡げて、とろとろにしてからね」

聞いた瞬間、ぼふんと利翔の頭のどこかが破裂する。

「まま待てよ。そんなのはいらねえから！」

「大丈夫。私に任せて」

身体を壁に向けられて、尻を佐光に突き出した格好にさせられるのはものすごく恥ずかしいのに、彼はさらに窄《すぼ》まりの奥を指でいじってくる。

「も……突っこんで……いいってば……」

ボディジェルを纏った指は比較的簡単に彼の指を受け入れはしたものの、慣れない身体は違和感をおぼえている。それでも意地を張りたくて佐光に告げた。

「まだ柔らかくなっていない」

このままじゃ怪我をする。今度は加減ができないからね。男の台詞に、前回は手心を加えられていたと知る。

「クソ……あんたが、でけえのが……悪いんだ」

「それはすまないと言えばいいのか？　それとも褒め言葉だと受け取るか？」

「褒めてるわきゃねえだろが……ん、あ……も……いま何本だ……？」

「三本目を入れるところだ」

ぐちゅぐちゅと淫《みだ》らな音を立てながら、さらに利翔の窄まりは男の指で馴染まされる。

ただ単に気持ちが悪くて痛いだけならよかったのに、利翔の身体は男の指に慣れてきて、次第におかしな感触がしはじめていた。どこだかわからないある箇所を擦ったときに声が出てしまってからは、やたらとそこを攻められる。

「あっ、あ、あぅっ……そこはさわんなって……ぅうっ」

自分の身体に変なスイッチが隠されている。下世話な事情に通じている利翔でも、話に聞くのと、おのれの実体験とはまた違った話であり、思うに任せない反応に目の前がくらくらしている。

「も、入れろよ、入れろってば……！」

このままだとまたしても違ってしまう。男にいいようにされている自分がどうにも歯痒《はがゆ》くて、強気に自ら腰を揺すった。

「いいよ。ただし、続きはベッドで」

指が抜かれたと思ったとたん、利翔は佐光に抱きあげられた。

「うわっ」

佐光は大股で利翔を自分の寝室に連れていき、濡れた身体をベッドの上に横たえさせた。

「ふ、拭かないと。シーツが濡れる」

「いま拭いても一緒だよ」

どうせ濡れると笑みながら告げる佐光は悪い男の顔をしている。

「もう少し、きみの胸に触れてもいいか？」

「あ、あう……ん、ふ……っ」

上からのしかかられて、乳首を指と舌とでさんざんに愛撫される。

「きみが思うほど私に余裕はないんだよ」

舌で尖りを弾《はじ》く合間に佐光が言った。

「きみのここに突っこんで、痛がらせてもめちゃくちゃに奪い取ってしまいたい。そんなふうに思っているから」

ひらいた足の奥に手を差し入れて、佐光が窄まりを指でなぞる。その動作に震えを走らせ、それでも利翔は強がりを口にした。

「ぶっこみゃいいだろ。オレは平気だ」

「私が平気じゃないからね。きみには苦痛より快感をおぼえてほしい。私とのセックスを好きになってもらいたい。もっとしたいときみに思ってもらいたいんだ」

入り口を指で慎重にほぐしながら佐光がささやく。

「なんで……?」

訊ねた利翔はすでに答えを知っていたかもしれない。

「きみがすごく好きだから」

けれども男から直に聞いた台詞の威力は利翔が想像していたよりもはるかに強く、心臓が肋骨から飛び出しそうに大きく高鳴る。

「きみは……？」

「……っ」

ぎゅっと唇を閉ざした利翔をうながすように、佐光は内側の感じる部分を指で抉《えぐ》った。

「ひ、あっ！」

「答えてくれないと、指だけで達かせるよ？　それとも、舌で達かされたほうがいいかい？」

脅しではなく、佐光はそれを実行する気でいたのだろう。力の抜けた利翔の脚を空いた手で摑みあげると、ぐいっと上に持ちあげたから。

「だ、駄目だっ」

身体をふたつに折るような格好にされ、腰が浮いてそこが露《あら》わになってしまう。佐光が指を差しこんでいるそこに顔を近づけてきて、利翔は切羽詰まって叫んだ。

「い、言うっ」

そこで、続きを待つように佐光がぴたりと動作を止める。

「あんたがっ……オレのそこに突っこんでから……っ」

自分は佐光とは違うのだ。そんな恥ずかしい台詞なんか正気をなくしていなければ言えやしない。両腕を顔の前で交差させてわめいたら、彼がふっとため息を吐き出した。

「きみは本当に意地っ張りだね」

声音には呆れたような気配があったが、利翔から指を抜き、身体を返す手つきはすごくやさしかった。

「ゆっくりと入れるから。痛くなったら教えるんだよ」

うつ伏せになった利翔の背後から告げてくると、佐光がおのれのしるしを宛てがう。浴室にいたときから馴染まされていたそこは、男の切っ先が圧を加えてきたときに強い拒絶を示さなかった。

けれども巨大な男の性器を受け入れるのは、やはり利翔の細腰には楽ではなくて、食い縛った歯の隙間からこらえられない呻きが洩れた。

「きついんだね……すまない」

「あっ、あやまんな」

だったらやめると言われたくない。

「全部入れろよ。変に加減しやがったら承知しねえぞ」

ふっふっと息を吐きつつ、男のそれが奥へ奥へと入ってくるのを必死でこらえる。

「苦しいだろう、すまないね」

「あやまんなって、言っただろ」

それほど痛くはなかったが、圧迫感がすごかった。

「平気っつか、気持ちいいくらいだし」

罪悪感を持ちながらこの行為をしてほしくない。自分を押し拡げる感触に耐えながらそんなことを告げてみたのに、またも佐光が詫びてきた。

「こ、今度、あやまったら……ぶん殴る」

「うん、すまない」

またかとカッとなった利翔は、次の瞬間自分のこめかみに口づけながらささやく声を耳にする。

「つらいのに強がるきみに劣情をそそられてしまってすまない。もっともっとひどい目に遭わせてやりたいと思ってすまない。きみをくまなく蹂躙《じゅうりん》し、引き裂いて、全部呑みこんでしまいたいと思ってすまない」

「…………っ」

利翔の下腹が痺れるような疼きを発した。同時に腰が蕩《とろ》けていって、男のそれが奥に進むのを容易くさせる。

ずるずると硬いものが押し入ってきて、それがあるところで動きを止めた。

「……これで全部入ったよ」

「ほ、ほんとにか？」

「ああ。私のすべてで繋がっている」

佐光の欲望の全部が利翔のなかにいる。そう思ったらうれしくて、この男とキスしたいと無性に感じた。

「利翔」

まるでそんな自分の想いを察したみたいに佐光がつむじにキスを落とした。それから、首にも、背中にも。

いつもはしない名前呼びで、甘い仕草をしてくるから、胸のあたりが不思議な感じに躍ってしまう。

「も、いいぞ……動いても」

自分ばかりがどきどきさせられるのが癪で、利翔のほうもつけ足しみたいに「佐光」と続けた。

「もう痛くねえから……って、え……?」

利翔のなかで突然男が大きく跳ねた。それに、驚いて振り向くと、佐光は顔を傾けて、利翔の唇にキスをする。

「ん……んん……っ」

不自由な体勢で情熱的な男のキスに身を任せつつ、利翔はそれをはっきりを実感していた。

佐光は自分を求めている。どこまでも強く激しく自分を欲しいと望んでいるのだ。

「な……オレのにさわれよ。そしたら、ちゃんと感じてんのがわかるから」

口づけを解《ほど》いてから、利翔は佐光をうながした。

挿入されているあいだも萎《な》えてはいなかった自分のそれを佐光は握ると「本当だ」とうれ

しそうに言ってから、軸をゆっくり擦りはじめる。

「あっ……バカ、そこを……擦れ、なんて……」

まるで愛撫をそそのかしたみたいになって、あわてる利翔の胸元に男の指が伸びてくる。さきほどのキスで乳首が勃っていたのか、そこを摘まんで引っ張られれば、股間にまで疼きが走った。

「あ、んんっ」

腹のなかには佐光の欲望。乳首と性器には卑猥で巧みな指での愛撫。いままでにおぼえがないほどの快感が、利翔を攫ってどこかに連れていこうとしている。

「さこ……佐光っ……動けよ、そんで、オレんなかで気持ちよくなれ……っ」

ここまできて遠慮なんかしてほしくない。自分を蹂躙し、もっとひどい目に遭わせて、好きなだけ貪ればいい。

「全部受け止めて、やる、から……っ……あんたのやつを、残らずオレに……あ、んぁっ」

巨大なものをぐいと引かれて、利翔の目と口が同時にひらく。直後にぐっと突き入れられて、またも喘ぎが喉から洩れた。

「い、いい、ぜ……そんなっ……あ、ん……ふうっ、に……っ」

利翔の軸は握ったままで佐光が腰を動かしはじめる。最初こそ多少は手加減していたものの、やがて大きな動きとなって利翔を思うさま揺さぶってきた。

「あ……や……はっ、ん……っ」

えらの張った亀頭の部分がそのたびに肉襞《にくひだ》を擦って拡げ、佐光の形を利翔のそこに教えこむ。四つん這いで尻を掲げる自分の姿は随分とみっともないものだろうが、それを顧みる余裕はない。

佐光が自分の身体を使って興奮している。それが利翔を惑乱させ、めまいのするような陶酔へと押しあげるのだ。

(もうすげえ……こんなん知らねえ)

自分のなかにある佐光が熱い。背中に落ちてくるいくつもの汗の粒が、彼の興奮を教えてくる。

いつもは落ち着いた大人の男が、利翔を抱いてこんなにも昂っている。そのことがこれほどまでにうれしいのは、利翔が佐光を好きでたまらないからだ。

「ああ……もぅ……達く……達っ……くっ」

「達っていい」

射精寸前の利翔の性器を佐光が出せと言わんばかりに扱いてくる。

今度はもうこらえきれずに腰が震え、佐光のものを締めつけながら利翔は達した。

「あっ、あぁ…………っ」

直後に佐光が息を詰め、利翔のなかに迸らせる。

（あっち……ぃ……）

放たれた精液が腹のなかを満たしていく。それにすら感じ入り、利翔の出し終えたペニスからまた少し滴が洩れた。

「……んっ」

ややあって、射精してもまだ大きさを保っている佐光のそれが内部から引き抜かれ、利翔は完全に腰が砕けて皺だらけのシーツの上に突っ伏した。

「大丈夫かい？　どこか痛いところはないか？」

「平気、だって……」

行為を終えてまもないのに、佐光はもういつもの調子に戻っている。あっさり利翔から離れると、浴室に行って戻り、事後の後始末をしはじめた。

腰にバスタオルを巻いた男に身体を拭いてもらいながら、多少物足りない気分がするのは心得違いというものだろうか。

（佐光はやっぱ大人だもんな）

事の最中に興奮していたのは確かだが、利翔とのセックスごとき、さほど引きずってはいない様子だ。

「とりあえず、ざっと身体は拭いたからね。シャワーはひと眠りしてからのほうがいい」

なんとなく沈む気分でされるままになっていたら、佐光が利翔を抱きあげる。なにをするのかと思っていたら、佐光は自分の部屋を出て、利翔の寝室に向かっていった。

「疲れたろう？　ゆっくりおやすみ」

清潔なシーツに下ろすと、佐光は利翔の頭を撫でる。そうして去っていこうとするから、利翔はすかさず男の腕を摑まえた。

「こっちのベッドでお休みとか、あんたなんのつもりだよ⁉　オレはバージンの花嫁じゃねえんだぞ。女扱いするなって言っただろうが！」

かんかんになっている利翔の顔を佐光が少し困った顔で見返している。

「だが、きみが男とのセックスに慣れていないのは事実だし」

「んなことはどうでもいい。あんた、オレを引き裂きたいほど欲しいって言ったのは冗談か⁉」

紳士的な男などいまこのときには必要ない。利翔が見たいのは、その面の裏にある猛々《たけだけ》しい雄なのだ。不愉快なことを言うと、たとえ怒らせてしまっても、表面的なやさしさを与えられるよりましだった。

「口当たりのいい言い訳なんかいらねんだよ。親切ごかしにこっちのベッドに放りこむなら、もう終わったから出てけって……っ⁉」

大きな男の手のひらにいきなり口を塞がれた。驚いて目を瞠る利翔の上で、佐光が眸を光らせる。

「このあいだといい、いまといい、きみは本当に私の我慢を無にするのが得意だな」

(こ、こないだって……)

佐光にセックスをしないのかと訊ねたときのことだろうか?

彼はあの折に見せたのと同じくらいに物騒極まりない気配を漂わせている。

「ちょうどいい機会だから、気軽に男を煽ったらどうなるか、いまからおぼえてもらおうか」

「え……ちょ、待てって」

佐光は決して利翔を放り出したのではなく、これ以上無体なことをしないためにベッドを別にしようとしたのだ。

しかし、それがわかっても手遅れで、男に押し伏せられた利翔は脚を割られてめいっぱいひらかされると、いきなり奥まで彼の欲望を挿入された。

「や、アアッ!」

相当強引に突き入れられ、しかもそのあと猛烈な抽送がはじまって、利翔は目を回してしまった。

「き、きついって……な、もうちょぃ……緩めて……っ」

泣きごとを洩らしたくはなかったが、舌を噛みそうになるくらい揺すぶられ、息を継ぐのもままならない。少しだけペースが弱まってきたときに頼んだが「駄目だ」とあっさり却下された。

「バージンの花嫁扱いはしなくてもいいんだろう？　それに、ここは随分と悦んでいる」

「ひ、あっ、あぅっ」

佐光は腰を乱暴に押しつけるなり、利翔のペニスの先端を指でぐりぐりといじめてきたから、懇願も、抗議の声もまともに出ない。

最初に後ろからした分とは別に、正常位で一回と、互いに向き合って座った格好で一回したまではおぼえているが、そこから先はなにがなんだかわからなくなってしまった。

（どんだけタフな男なんだよ……これほどやりたいのに我慢って……そりゃオレを目の前から遠ざけたい訳だよな……）

そうしたことを切れ切れになる意識の合間に考えてはみたものの、佐光の情熱がうれしいのも本当だった。

それに、そもそも佐光にしがみついて離れないのは自分だし、彼のほうでもこちらの身体を傷つけないよう気配りしてくれているのはわかっている。

利翔の下肢は、汗だの、ふたり分の体液だのでべたべたになっていて、腰の奥もすでに痺れたみたいな感覚がしていたが、それでも心は満たされていた。

「さ、さこ……佐光……っ」

脚をふたつとも男の肩にかけた姿勢で、利翔が視線で彼のキスを欲しいと頼む。

それに気づいた佐光からそのとおりにしてもらって、理性が完全に壊れた利翔は自分が言うとも思わなかった甘ったれた台詞を洩らした。

「オレ、あんたに抱いてもらうの好きだ……気持ちいいし……うれしいし……安心する……」

「利翔」

「ほ、ほんとだかんな……それに、あんたがオレの名前を呼ぶ、声も……すげえ好きだ」

今度のキスは前のよりもやさしくて、口のなかを舐められながら利翔はうっとりしてしまう。

(こいつが好きだ……すげえ好きだ……)

おぼろになりかけた意識の隅でそう思い、それが利翔の身体にも反映したのか、男を包んだ柔襞が甘く蕩ける。

利翔の内部は硬い男の欲望で擦られるのを悦んでいて、ここにすべてを吐き出してほしいのだとあられもなくねだっている。

そしてその欲求を男はくまなく叶えてくれて、願えばそれ以上に返された。

「な、なあっ……そこ、もっと強くしろよ……っ」

「そこってどこを?」

「む、胸っ……」

「私に乳首を嚙んでほしいなら、はっきりと言いなさい。そうしたら、きみのいいところを抉りながら、嚙んで、吸って、しゃぶってあげるよ」

「ひ……ぃやだっ」

「嫌なら、これを抜いてしまうが？」

「や、やだっ。抜くな、やだっ……い、言う、からぁ……っ」

身をよじり、絡み合い、男の恋着を一身に浴びた利翔は、そのあいだに随分と恥ずかしい台詞なども言わされた気がしたが、はっきり自覚できないままに意識が飛んでしまったらしい。

◇　◇

それからどれくらい経ったのか、利翔が目覚めたとき室内は薄明るくなっていた。

利翔がまだぼんやりと男の腕にくるまれたままでいると「おはよう」と佐光から額の上にキスされる。

「え……あ……そっか」

昨日は佐光とセックスして、あげくへばって気絶したのだ。頭が覚醒《かくせい》してくるにつれ、ゆうべの痴態を思い出し、利翔の頬が火を噴くほど熱くなる。

「そ、その……オレ、は……」

「ああ。ゆうべのことなら気にしなくてもいいんだよ。むしろ、私はうれしかった」

照れくさいやら気まずいやらで、しどろもどろにつぶやけば、佐光がしれっとした様子で言ってくる。

「私に抱かれるのが好きだから、いっぱいしてほしいと頼んだきみは可愛かった。舌足らずな調子になって、あそこをもっと擦ってとねだったときも……」

「うっせ、黙れ！」

頭の下にある枕を抜いて、佐光の顔にそれをぶつける。

「んなことぜってえ言わねえし！」

佐光は軽く枕を払って「言ったよ」と反論してきた。

「きみがそうしてほしいと言うから、名前を呼んでキスしたら、すごく悦んでいたからね。溢れるくらい出してくれって、頼んだのをおぼえてないかい？」

「うっ、うっせえうっせえ。言ってねえったら、言ってねえ！」

恥ずかしさで真っ赤になって、佐光の頬を引っ掻くと、ふいに彼が様相を改める。

「な、なんだよ……？」

そんなにも痛かったのかと怯んだら、彼は妙に納得した面持ちでうなずいた。

「ああこれだ。ひとつ見つけた」

「は？　なにを……？」

「私にとって正しいことだ」

一瞬ぽかんと口を開け、ややあってからようやく意味が呑みこめた。

「……もしかして、オレを困らせて引っ掻かれるのが正義とか？」

「そうみたいだな」

「あんた、なんつーか……バカじゃねえの？」

「そうかもしれない」

怒りもせずに佐光はひどく楽しそうな表情をする。

それを目にしたら、胸の内がおかしな感じにざわついて、利翔はくるっと体勢を向け替えた。

「ねえ、利翔。ひとまずタキの一件は落着したし、当分業務は休みにして、のんびりと過ごしたいな。きみが起きられるようになったら、おにぎりをこしらえて近くの公園で食べようか？」

背後から利翔を抱いて、佐光がやさしい声を降らせる。

「……そんで、そのおにぎりをこしらえるのはオレなんだよな？」

男の腕は気持ちがいいが、すぐにうなずくほど素直にはなれなくて、嫌みったらしく言ってやっても、佐光はまったくへこたれなかった。

「それなら荷物は私が持つし、池のボートに乗るときは私が漕《こ》ぐことにする」

「てえことは、オレがうんって言う前に決まりなんだな？」

「嫌なのかい？　きみは私と公園に行きたくない？」

そう聞いた男の声には利翔の喉をくすぐるような甘い響きがあったから、つい口がむずむずして「……晴れたらな」と言葉がこぼれた。

「そしたら面倒で嫌だけど、卵焼きも作ってやるよ」

それから佐光がこれ以上甘い台詞を述べないうちにしかつめらしい口調を作る。

「その代わり、フェアバーンシステムをオレにきっちり教えろよ」

「もちろん」

佐光が応じて、利翔の髪に口づけた。

「あの体術はきみのほうが得意になりそうな気がするね。そのうちきみに私の護衛を頼むことになるかもしれない」

この手とこの声は、どうして利翔の心身をこんなにも安らがせてしまうのだろう。

（癪だけど、いまはちょっと……）

まだ眠いから、次に目が覚めたときよく考えてみればいい。

自分は佐光の傍にいると約束したし、彼も利翔と一緒にいると誓ったから。この先いくらでも考える時間はあるし、話し合える機会もある。

佐光とともに利翔はこれから生きていく。最後の最後まで彼の隣に立っている男になろうと努力する。

いまはたぶんそれだけがわかっていればいいのだろう。

「ゆっくりおやすみ。きみが目覚めるまでここにいるから」

背中に感じるもうひとつの確かな鼓動。温かな男の腕に包まれて、利翔は静かに目を閉じた。

あとがき

こんにちは。ルチルさんでははじめましての今城です。

今回のお話のコンセプトは『野良クロネコがひと癖ある元エリート官僚に拾われて、自分の居場所を見出す』といったあたりなのでしょうか。

少しばかり事件性もありますが、メインはやはりクロネコがいかに佐光に落ちるかという。

担当さまは「ちょっとプリティウーマン風？」ともおっしゃいましたが、確かにそういった側面もあり、また青少年のスタンドアローンでもあるような気がします。

そしてこのたび、私が書いていていちばん楽しかったのは、実はSSCの設定です。こちらはモデルがありまして、セキュリティ関係や、軍事情勢をご存知の方なら「ああ、あれね」と簡単に察しがつく企業です。元々、時事ネタの絡んだ傭兵ものとか好きなのですが……しかしこれはラブロマンスを目指した話（汗）。利翔がSSCの講習に行った際の話なども、ついつい詳しく書き過ぎて、あとでゴシゴシ消しました。

また、本文中に、SSCジャパン副支部長ケビンのことが、ちらっとだけ出てきましたが、やつは金髪の腹黒王子で、くせ者佐光といい勝負をしています。ケビンのことはもう少し書いてみたい気もしますので、時間と機会に恵まれましたら、個人的にでも形にできたらいいなあとは思っています。

今回、コウキ。さまにイラストをお描きいただいた訳ですが、ラフのときの利翔がすごく可愛くて、テンションがあがりました。ことに、利翔のネコ耳としっぽつきは、お見せできないのが残念なくらいです。拙作に素敵なビジュアルをありがとうございました。深くお礼申しあげます。

そして、担当さまにも深い感謝を。この話の最初から、佐光や利翔に寄り添って、さまざまなアドバイスをくださり、本当に参考にもなり、啓発もされました。「ああそうか」と目からウロコな部分も多々あり、是非今後の話作りに役立てさせていただきます。誠にありがとうございました。

それから、末筆になりましたが読者さまにも感謝です。佐光と利翔の恋愛話はいかがでしたか？　このたびは、好きなようにやらせていただき、楽しさのあまりか、ちょっと書き過ぎてしまいました。最後までおつきあいくださっていたのなら幸いです。こののちも、幾らかでも面白い話をと、精進していくつもりですので、また次にお目にかかれる機会があれば、よろしくお願いいたします。

ここまでお読みくださって恐縮です。本当にありがとうございました。

今城　けい

✦初出　しなやかに愛を誓え……………書き下ろし

今城けい先生、コウキ。先生へのお便り、本作品に関するご意見、ご感想などは
〒151-0051 東京都渋谷区千駄ヶ谷 4-9-7
幻冬舎コミックス　ルチル文庫「しなやかに愛を誓え」係まで。

幻冬舎ルチル文庫

しなやかに愛を誓え

2014年2月20日　第1刷発行

✦著者　今城けい　いまじょう けい

✦発行人　伊藤嘉彦

✦発行元　株式会社 幻冬舎コミックス
〒151-0051 東京都渋谷区千駄ヶ谷 4-9-7
電話 03(5411)6431［編集］

✦発売元　株式会社 幻冬舎
〒151-0051 東京都渋谷区千駄ヶ谷 4-9-7
電話 03(5411)6222［営業］
振替 00120-8-767643

✦印刷・製本所　中央精版印刷株式会社

✦検印廃止

ISBN978-4-344-83063-9　C0193　Printed in Japan